Cari Mora

Thomas Harris

Cari Mora

Traducción de
Jesús de la Torre

Título original: *Cari Mora*

Primera edición: noviembre de 2019

Diseño de la cubierta: Tal Goretsky
Fotografía de la cubierta: Alamy Stock Photo

El extracto de la canción «Tuyo» compuesta por
Rodrigo Amarante pertenece a Narcos Productions LLC.
Se ha utilizado con autorización.

Impreso en Estados Unidos – *Printed in USA*

ISBN: 978-1-644731-15-4

Compuesto en Punktokomo S. L.

Penguin
Random House
Grupo Editorial

Para Elizabeth Pace Barnes,
que me da amor y me presta sabiduría

1

Dos hombres hablan en plena noche. Están a mil setecientos kilómetros de distancia. Un lateral de cada rostro está iluminado por un teléfono móvil. Son dos medias caras que hablan en la oscuridad.

—Yo puedo conseguir la casa en la que dices que está. Cuéntame el resto, Jesús.

La respuesta apenas se oye entre el crepitar de las interferencias.

—Me ha pagado una cuarta parte de lo que prometió. —*Pfff-pfff*—. Envíeme el resto de la plata. Envíemelo. —*Pfff-pfff*.

—Jesús, si encuentro lo que busco sin más ayuda por tu parte, nunca volverás a recibir nada de mí.

—Eso es más cierto de lo que cree. Es la mayor verdad que ha dicho en su vida. —*Pfff-pfff*—. Lo que quiere está esperándole encima de quince kilos de Semtex... Si lo encuentra sin que le ayude sus restos van a llegar volando hasta la luna.

—Mi brazo es largo, Jesús.

—No llegará hasta aquí desde la luna, Hans-Pedro.

—Mi nombre es Hans-Peter, como bien sabes.

—¿Que tiene ganas de pito? ¿Es eso lo que ha dicho? No quiero conocer sus intimidades. Deje de perder el tiempo. Envíeme la plata.

La llamada se corta. Los dos hombres se quedan tumbados mirando a la oscuridad.

Hans-Peter Schneider está en una litera a bordo de su largo barco negro junto a Cayo Largo. Escucha a una mujer que solloza en la litera de proa. Imita sus sollozos. Se le dan bien las imitaciones. La voz de su propia madre sale de su cara, gritando el nombre de la mujer que llora:

—¿Karla? ¿Karla? ¿Por qué lloras, mi querida niña? No es más que un sueño.

Desesperada en medio de la oscuridad, la mujer se siente confundida por un segundo y, a continuación, retoma el llanto amargo e intenso.

El sonido de una mujer que llora es música para Hans-Peter; le relaja y vuelve a dormirse.

En Barranquilla, Colombia, Jesús Villarreal deja que el siseo acompasado de su respirador le tranquilice. Inhala un poco de oxígeno de su mascarilla. A través de la compartida oscuridad oye a un paciente del pabellón del hospital, un hombre que suplica a Dios que le ayude, que grita: «¡Jesús!».

—Espero que Dios pueda oírle igual de bien que yo, amigo mío —susurra Jesús Villarreal en medio de la oscuridad—. Pero lo dudo.

Jesús Villarreal llama a información con su teléfono de prepago y consigue el número de una academia de baile de Barranquilla. Se aparta la mascarilla de oxígeno para poder hablar.

—No, no estoy interesado en clases de baile —dice al teléfono—. Hace ya tiempo que no bailo. Quiero hablar con don Ernesto. Sí que le conoce. Dígale mi nombre, él ya sabe quién soy. —*Pfff-pfff.*

2

El barco de Hans-Peter Schneider se deslizaba muy despacio junto a la gran casa de Bahía Vizcaína, con el agua gorgoteando a lo largo de su casco negro.

Por sus prismáticos, Hans-Peter miraba a Cari Mora, de veinticinco años, vestida con sus pantalones de pijama y su camiseta sin mangas mientras hacía estiramientos en la terraza bajo las primeras luces de la mañana.

—Dios mío —dijo. Los dientes caninos de Hans-Peter son bastante largos y tienen empastes de plata que pueden verse cuando sonríe.

Hans-Peter es alto y de piel pálida, completamente calvo. Sus párpados, carentes de pestañas, manchaban el cristal de sus prismáticos al rozarlo. Limpió los anteojos con un pañuelo de lino.

Félix, el agente inmobiliario, estaba detrás de él en el barco.

—Es ella. La que cuida la casa —dijo Félix—. La conoce mejor que nadie, sabe arreglarlo todo. Que le cuente lo que sabe de la casa y, después, despediré a esa listilla antes de que vea algo que no deba ver. Puede ahorrarle un poco de tiempo.

—Tiempo —contestó Hans-Peter—. Tiempo. ¿Cuánto más hay que esperar para la autorización?

—El tipo que está alquilando ahora la casa rueda anuncios. Su permiso es válido dos semanas más.

—Félix, quiero que me des una llave de esa casa. —Hans-Peter habla con acento alemán—. Quiero la llave hoy.

—Si usted entra, pasa algo y ha usado mi llave, sabrán que he sido yo. Como con O. J. Simpson. Si usa mi llave, sabrán que he sido yo. —Félix se rio solo—. Escuche, por favor, iré hoy al arrendatario y le pediré que lo deje. Es mejor que vea la casa a la luz del día, con gente. Tiene que saber que ese sitio siniestro da unos escalofríos del carajo. He pasado ya por cuatro empleados hasta conseguir a esta. Es la única que no tiene miedo.

—Félix, habla con el arrendatario. Ofrécele dinero. Hasta diez mil dólares. Pero me das ahora mismo una llave o te encontrarán flotando en el agua en cinco minutos.

—Si hace daño a esa zorra no podrá ayudarle —contestó Félix—. Ella duerme ahí. Tiene que dormir ahí por el seguro de incendios. A veces, trabaja en otros sitios durante el día. Espere a ir de día.

—Solo voy a echar un vistazo. No se va a enterar de que estoy dentro de la casa.

Hans-Peter observaba a Cari por los prismáticos. Ahora estaba de puntillas rellenando el comedero de un pájaro. Sería un desperdicio deshacerse de ella. Con esas interesantes cicatrices podría sacar mucho por ella. Quizá cien mil dólares —35.433.184 uguiyas mauritanas— del Club de Amputados Acroto Grotto de Nuakchot. Eso sería con todas las extremidades y sin tatuajes. Si tuviera que adaptarla para optar a un precio mayor, con el tiempo de inactividad, sería más. Ciento cincuenta mil dólares. Una miseria. Había entre veinticinco y treinta millones de dólares en esa casa.

En el franchipán junto a la terraza, un sinsonte maullador entonaba un canto que había aprendido en el bosque andino colombiano y que había llevado en dirección norte hasta Miami Beach.

Cari Mora reconoció el canto distintivo de un solitario andino que vivía a dos mil quinientos kilómetros de distancia. El sinsonte cantaba con gran entusiasmo. Cari sonrió y se detuvo a escuchar una vez más aquella melodía de su infancia. Silbó al pájaro. Este le respondió. Ella entró en la casa.

En el barco, Hans-Peter extendió la mano para coger la llave. Félix le puso la llave sobre la palma de la mano sin tocarle.

—Las puertas tienen alarmas —le advirtió Félix—. Pero la puerta del solario está defectuosa hasta que se compren unas piezas nuevas. Es el solario de la parte sur de la casa. ¿Tiene ganzúas? Por el amor de Dios, raye las cerraduras antes de usar la llave y deje una ganzúa en los escalones por si pasa algo.

—Lo haré por ti, Félix.

—Esto no es una buena idea —insistió Félix—. Si le hace daño a ella, se quedará sin su información.

De nuevo en su coche en el muelle, Félix levantó la alfombrilla del maletero para coger el teléfono de prepago que tenía guardado con el gato y las herramientas. Marcó el número de una academia de baile de Barranquilla, Colombia.

—No, señor —dijo al teléfono, susurrando pese a estar al aire libre—. Le he estado retrasando con lo del permiso todo lo que he podido. Tiene su propio abogado para estos asuntos..., me va a descubrir. Va a por la casa. Eso es todo. No sabe más de lo que sabemos nosotros... Sí, tengo el ingreso. Gracias, señor, no le fallaré.

3

Cari Mora tenía varios trabajos diurnos. El que le gustaba era el de la Estación de Aves Marinas de Pelican Harbor, donde veterinarios y demás voluntarios rehabilitaban aves y animales pequeños. Ella se ocupaba del mantenimiento de la sala de tratamientos y esterilizaba el instrumental al final de la jornada. A veces, con su prima, se encargaba del servicio de comidas en las excursiones en barco de la estación.

Cari siempre iba pronto por si tenía oportunidad de trabajar con los animales. La estación le proporcionaba una bata y a ella le gustaba ponérsela porque le hacía sentirse un miembro más del servicio médico.

Los veterinarios habían llegado a confiar en Cari, era hábil y cuidadosa con las aves, y ese día, bajo la atenta mirada de la doctora Blanco, le había cosido el saco gular de debajo del pico a un pelícano blanco herido por un anzuelo. Coser el saco era una labor delicada que debía hacerse por capas, cosiendo cada una por separado mientras el ave permanecía anestesiada con gas.

Era una tarea relajante y absorbente. Muy distinta a sus experiencias de la infancia, cerrando heridas de soldados en el campo de batalla con una sutura de colchonero rápida o un torniquete o un poncho para cubrir una herida abierta en el pecho, o apretando con la mano mientras abría el envoltorio de una venda con los dientes.

Al final de la jornada, el pelícano dormía la mona en una jaula de recuperación y la doctora Blanco y los demás ya se habían marchado a casa.

Cari sacó del congelador una rata de laboratorio para que se descongelara mientras ordenaba la sala de tratamientos y cambiaba el agua en las instalaciones exteriores.

Cuando hubo terminado con la sala y esterilizado el instrumental, abrió un refresco de tamarindo para bebérselo y salió con la rata descongelada a las jaulas y voladeros cercados con alambradas.

El búho real estaba posado en un palo del extremo más alto de su voladero. Metió la rata muerta por la alambrada para dejarla sobre un estrecho estante. Cerró los ojos y trató de oír cómo el búho se acercaba antes de que le llegara la corriente de aire de sus enormes alas. El gran pájaro no se llegó a posar, sino que tiró de la comida con una de sus patas en forma de X y, en silencio, volvió a subir a su poste, donde abrió el pico y el gaznate de una forma increíble y engulló la rata de un solo bocado.

El búho real era un residente permanente de la Estación de Aves Marinas. Jamás podrían soltarlo, pues había perdido un ojo en un accidente con un cable de la luz y no podía cazar, pero sí que podía volar muy bien. El búho era un popular visitante de los colegios públicos cuando había charlas sobre naturaleza, donde soportaba el atento escrutinio de cientos de escolares, cerrando a veces su único y enorme ojo para echar una siesta durante la clase.

Cari se sentó en el cubo dado la vuelta con la espalda contra la alambrada, bajo el escrutinio del alcatraz que estaba al otro lado del camino recuperándose de un corte entre los dedos. Cari le había cerrado el corte con un limpio punto de sutura en polea que le habían enseñado a hacer los veterinarios.

En el puerto deportivo de al lado, los barcos se empezaban a iluminar y algunas parejas bien avenidas preparaban la cena en sus cocinas.

Caridad Mora, niña de la guerra, quería ser veterinaria. Llevaba nueve años viviendo en Estados Unidos con un precario Estatus de Protección Temporal que podría quedar cancelado en cualquier momento por alguna rabieta gubernamental dado lo turbio del ambiente actual.

Durante los años anteriores al endurecimiento de las medidas contra la inmigración, había conseguido el título equivalente al de educación secundaria. Se había hecho, además, y de forma discreta, con un título de auxiliar sanitaria a domicilio añadiendo un corto curso de seis semanas a su considerable experiencia vital. Pero, para llegar más lejos en sus estudios, tendría que hacerse con documentos mejores de los que tenía. La *migra,* el Servicio de Inmigración y Control de Aduanas, siempre estaba alerta.

Bajo la luz del corto crepúsculo del trópico, tomó el autobús de vuelta a la gran casa de la bahía. Casi había oscurecido cuando llegó, las palmeras ya negras contra el último rescoldo de luminosidad.

Se sentó un momento junto al agua. El viento que soplaba desde la bahía venía inundado de fantasmas esa noche, hombres y mujeres jóvenes y niños que habían vivido o muerto en sus brazos mientras ella trataba de contener el sangrado de sus heridas, que se habían esforzado por respirar y habían vivido o que habían dejado de temblar y se habían quedado inertes.

Otras noches, el viento la golpeaba suavemente como el recuerdo de un beso, de unas pestañas rozándole la cara, un dulce aliento en el cuello.

A veces, esto. Otras, aquello. Pero el viento siempre venía lleno de algo.

Cari se sentó al aire libre a escuchar a las ranas, mientras las flores de loto llenas de ojos que había en el estanque la observaban. Miraba el agujero de entrada del nido para búhos que ella había hecho con un cajón de madera. Todavía no aparecía ninguna cara. Algunas ranas de árbol miraban a hurtadillas.

Silbó el canto del solitario andino. Ningún pájaro contestó. Se sintió un poco vacía al entrar en la casa en esa difícil hora del día en la que uno come solo.

Pablo Escobar había sido propietario de esa casa, pero nunca había vivido ahí. Los que le conocían pensaban que la había comprado para que la usara su familia si alguna vez lo extraditaban a Estados Unidos.

La casa había estado entrando y saliendo del sistema judicial desde la muerte de Escobar. Una serie de vividores, locos y especuladores inmobiliarios habían sido sus propietarios durante los últimos años, apostadores temerarios que la compraron a los juzgados y la mantuvieron durante un tiempo mientras sus fortunas aumentaban y decrecían. La casa seguía llena de sus disparates: atrezo de películas, grandes figuras de monstruos, todos en actitud de abalanzarse y atraparte. Había maniquíes de moda, pósteres cinematográficos, máquinas jukebox, atrezos de películas de terror, algún accesorio sexual... En la sala de estar había una silla eléctrica antigua de Sing Sing que solo había matado a tres personas, con su amperaje ajustado por última vez por Thomas Edison.

Una serie de luces se encendía y apagaba por la casa mientras Cari se abría paso entre los maniquíes, los monstruos de película agazapados y la madre alienígena de cinco metros de alto del planeta Zorn, para llegar a su dormitorio, que estaba en lo alto de las escaleras. Una última luz de su dormitorio se apagó.

4

Con la llave de Félix en la mano, Hans-Peter Schneider podría entrar sigilosamente en la casa de Miami Beach como tanto deseaba hacer. Podría recorrerla en silencio con esa chica, Cari Mora, sensualmente dormida en la planta de arriba.

Hans-Peter estaba en sus habitaciones de uso privado en el interior de un almacén sin cartel identificativo de Bahía Vizcaína, cerca del antiguo Pasaje Thunderboat, al norte de Miami Beach, con su barco negro amarrado en el embarcadero adyacente. Estaba sentado desnudo en un taburete en el centro de su gran sala de ducha alicatada, dejando que los muchos pulverizadores de las paredes le lanzaran agua desde todas direcciones. Estaba cantando con su acento alemán:

«... just singing in the rains. What a glorious feeling, I am haaaapy again».

Podía ver su reflejo en el lateral de cristal de su máquina de cremación líquida, donde estaba disolviendo a Karla, una chica que no había funcionado bien para el negocio.

En medio de la creciente neblina, la imagen de Hans-Peter en el cristal parecía un daguerrotipo. Adoptó la pose de *El pensador* de Rodin y se miró por el rabillo del ojo. Un leve olor a sosa cáustica se elevó con el vapor.

Resultaba interesante verse a sí mismo como *El pensador* reflejado en el cristal, mientras tras el cristal, en el tanque, los huesos de Karla empezaban a sobresalir entre la pasta en que la sosa cáustica había convertido el resto de su cuerpo. La máquina se sacudió, derramando fluido a un lado y a otro. La máquina soltó un eructo y aparecieron burbujas.

Hans-Peter estaba muy orgulloso de su máquina de cremación líquida. Había tenido que pagar una pequeña fortuna por ella, pues la cremación líquida estaba causando furor entre los entusiastas de la ecología, que ansiaban evitar las emisiones de carbono que producían las cremaciones con fuego. El método líquido no dejaba huella de carbono, ni de ningún otro tipo. Si una chica no funcionaba, Hans-Peter podía tirarla sin más por el váter en forma líquida y sin ningún efecto perjudicial en las aguas subterráneas. Su cancioncilla de trabajo era:

«Llama a Hans-Peter. ¡Ese es su nombre! Y tira tus problemas por el desagüe. ¡Hans-Peter!».

Karla no había supuesto un fiasco total. Había proporcionado a Hans-Peter algo de diversión y había podido vender sus dos riñones.

Hans-Peter podía sentir el agradable calor que irradiaba la máquina crematoria por toda la ducha, aunque mantuvo la temperatura de la sosa cáustica a tan solo setenta grados para alargar el proceso. Disfrutaba viendo el esqueleto de Karla emerger despacio entre la carne y, como un reptil, se sentía atraído hacia el calor.

Estaba pensando qué ponerse para entrar a escondidas en la casa. Acababa de robar un traje de látex blanco de una convención de fans de la fantasía y le volvía loco, pero chirriaba cuando los muslos se rozaban entre sí. No. Algo negro y cómodo sin nada de velcro que hiciera ruido si decidía quitarse la ropa en la casa mientras miraba a Cari Mora dormir. Y una muda de ropa en una bolsa de plástico por si se mojaba o sudaba mucho y una adornada petaca con sosa cáustica en su interior para destruir el ADN, en caso de que finalmente fuera necesario. Y su detector de clavos.

Entonó una canción en alemán, una canción tradicional que Bach usó en las Variaciones Goldberg llamada *El repollo y los nabos me han echado.*

Resultaba agradable estar excitado. Entrar en un sitio a hurtadillas. Vengarse de Pablo en su sueño infernal...

Hans-Peter Schneider estaba en el seto que había junto a la casa a la una de la madrugada. Había mucha luna y las sombras de las palmeras eran como sangre derramada sobre el suelo iluminado. Cuando el viento mueve las grandes hojas de palmera una sombra en el suelo puede parecerse a la sombra de un hombre. A veces, es la sombra de un hombre. Hans-Peter esperó a que llegara una ráfaga de viento y se movió con las sombras por el jardín.

La casa seguía irradiando el calor del día. Le parecía como un gran animal caliente cuando se colocó junto a la pared. Hans-Peter se apretó contra el lateral de la casa y sintió el calor recorriéndole todo el cuerpo. Podía notar la luz de la luna, picándole en la cabeza. Pensó en un canguro recién nacido escalando con dificultad por el vientre de su madre hacia la cálida bolsa.

La casa estaba a oscuras. No podía ver nada por el cristal tintado del solario. Algunas de las persianas metálicas contra huracanes estaban bajadas. Hans-Peter metió una ganzúa en la cerradura y raspó dos veces el cilindro para arañarlo.

Metió la llave de Félix despacio en la cerradura. Tenía esa agradable sensación heladora. Era algo muy íntimo para Hans-Peter, pegado contra la casa caliente y metiendo la llave en la cerradura. Pudo oír cómo los mecanismos se engranaban con una serie de ligerísimos chasquidos, como los insectos que hablaban cuando él volvió a visitar a una mujer que llevaba varios días muerta en el bosque y sintió una maravillosa excitación, una excitación como ninguna otra al ver los montículos de larvas.

La cabeza ovalada de la llave resplandecía enrojecida contra la placa de la cerradura. Como él enrojecería cuando se acoplara contra ella si decidía subir. Pegado a ella hasta que se quedara demasiado fría. Por desgracia, se enfriaría más rápido que la casa al perder el calor del sol. Con el aire acondicionado no permanecería mucho tiempo caliente aunque él colocara las mantas sobre ellos y se acurrucara. Nunca permanecían calientes. Demasiado pronto pegajosa, demasiado pronto fría.

No tenía por qué decidirlo ahora. Podría limitarse a hacer lo que el corazón le pidiera. Resultaba divertido ver si era capaz de abstenerse de hacer caso a su corazón. Corazón CABEZA, cabeza CORAZÓN, pum. Esperaba que ella oliese bien. «El repollo y los nabos me han echado».

Giró el pomo y el roce del burlete siseó al abrir la puerta. El detector de clavos pegado con adhesivo a la punta de su zapato delataría cualquier esterilla metálica de alarma oculta bajo una alfombra. Deslizó el pie por el suelo del solario antes de apoyar el peso sobre él. A continuación, entró en el interior de la fresca oscuridad, alejándose de las sombras que se movían por el césped y del calor de la luna sobre su cráneo.

Una vibración y un crujido en el rincón detrás de él.

—¿Qué carajo, Carmen? —dijo un pájaro.

La pistola de Hans-Peter estaba en su mano pero no recordaba haberla sacado. Se quedó inmóvil. El pájaro volvió a moverse en su jaula, arrastrándose a un lado y a otro de su palo, farfullando.

Siluetas de maniquíes contra las ventanas iluminadas por la luna. ¿Se había movido alguno? Hans-Peter avanzó entre ellos en medio de la oscuridad. Una mano de escayola extendida le rozó al pasar.

«Está aquí. Está aquí. El oro está aquí. *Es ist hier!*». Lo sabía. Si el oro tuviese oídos podría oírle si él lo llamara desde ese lugar donde se encontraba en medio de una sala. Muebles cubiertos por telas, un piano cubierto. Entró en el bar con su mesa de billar tapada por sábanas hasta el suelo. La máquina de hielo vertió unos cubitos y él se agachó, esperando, escuchando, pensando.

La chica tenía mucha información sobre la casa. Debía extraerle esa información antes que nada. Siempre podría sacar dinero por ella más tarde. No debía valer más de unos cuantos miles estando muerta y, para conseguirlos, tendría que enviarla metida en hielo seco.

No tenía sentido molestarla, pero estaba tan atractiva, tan conmovedora en la terraza, que quería verla dormir. Tenía derecho a divertirse un poco. Quizá podría echar unas gotas en la ropa de la cama, en sus brazos llenos de cicatrices, nada más. Oh, una o dos gotas sobre sus mejillas dormidas, un pequeño tratamiento facial, ¡qué narices! Quizá un poco se le deslizara hasta el rabillo del ojo. Uf. Prepararle el ojo para las lágrimas que vendrían después.

El teléfono de su bolsillo vibró contra su muslo. Lo desplazó por él hasta sentir placer. Miró el mensaje de Félix y eso le hizo sentir aún mejor. El mensaje decía:

Conseguido. He hecho que renuncie a su permiso por diez mil y un poco de buena mierda más adelante. Tendremos nuestra autorización mañana. ¡Podemos mudarnos ya!

Hans-Peter se recostó en la alfombra por debajo de la mesa de billar cubierta y mandó algunos mensajes con lo que él llamaba su dedo de zinc. La uña del índice la tenía deformada por la misma enfermedad genética que le hacía no tener pelo. Había oído hablar del dedo de zinc antes de que le expulsaran de la facultad de Medicina por motivos éticos. Por suerte, su padre estaba entonces demasiado viejo como para darle una paliza por aquel fracaso. La uña estaba afilada y le resultaba útil para limpiarse los conductos nasales sin pelo, tan susceptibles al moho y las esporas y al polen del amaranto espinoso y la colza.

Cari Mora se despertó en medio de la oscuridad y no supo por qué. Su acto reflejo fue escuchar las señales de advertencia del bosque. Entonces, tomó conciencia y, sin mover la cabeza, miró por el gran dormitorio. Todas las luces diminutas estaban encendidas —el decodificador de la televisión, el termostato, el reloj—, pero la luz del panel de control de la alarma estaba en verde en lugar de en rojo.

Un único pitido la había despertado cuando alguien había apagado la alarma abajo. Ahora, la luz de la alarma parpadeó cuando algo pasó por un sensor de movimiento del vestíbulo de la planta de abajo.

Cari Mora se puso unos pantalones de chándal y cogió su bate de béisbol de debajo de la cama. Tenía el teléfono, el cuchillo y el espray repelente de osos en los bolsillos. Salió al pasillo y gritó asomándose a la escalera en espiral.

—¿Quién está ahí? Más vale que diga algo.

Nada durante quince segundos. A continuación, una voz desde abajo contestó:

—Félix.

Cari levantó los ojos al techo y siseó entre dientes.

Encendió las luces y bajó por la escalera en espiral. Llevaba con ella el bate.

Félix estaba al pie de las escaleras, bajo un muñeco de una película, el dentudo reptil espacial del planeta Zorn.

No parecía que Félix estuviese borracho. No llevaba un arma en las manos. Tenía puesto el sombrero dentro de la casa.

Cari se detuvo cuatro escalones antes de llegar abajo. No sentía sus asquerosos ojos sobre ella. Eso estaba bien.

—Llámame antes de venir de noche —dijo ella.

—He conseguido unos inquilinos, de improviso —contestó Félix—. Gente del cine. Pagan bien. Quieren que sigas aquí porque conoces la casa, quizá también para que cocines, no lo sé aún. Te he conseguido el trabajo. Deberías darme las gracias. Deberías darme algo cuando te paguen bien con su dinero de las películas.

—¿Qué tipo de película?

—No lo sé. Ni me importa.

—¿Me das esta noticia a las cinco de la madrugada?

—Si están dispuestos a pagar, tienen la puerta abierta —respondió Félix—. Quieren entrar antes de que amanezca.

—Félix, mírame bien. Si es porno, ya sabes cuál es mi opinión. Me voy si se trata de eso.

Muchas producciones pornográficas se estaban mudando a Miami después de que se aprobara la Medida B del condado de Los Ángeles, que exigía el uso de condones en las películas, reprimiendo la libertad de expresión.

Ella ya había tenido problemas con Félix por ese asunto.

—No son películas guarras. Es no sé qué de un *reality show*. Quieren conexiones de doscientos veinte voltios y extintores de incendios. Tú sabes dónde están esas cosas, ¿no? —Sacó de su chaqueta un permiso de rodaje arrugado del Ayuntamiento de Miami Beach y le pidió que le trajera cinta adhesiva.

Quince minutos después, Cari oyó que una lancha se acercaba a la orilla de Bahía Vizcaína.

—Deja apagadas las luces del muelle —le ordenó Félix.

Hans-Peter Schneider es extremadamente pulcro durante gran parte del tiempo de su vida pública y huele bien ante sus conocidos. Pero cuando Cari le estrechó la mano en la cocina, percibió un tufillo de azufre que procedía de él. Como el olor de un pueblo en llamas con muertos dentro de las casas.

Hans-Peter notó la mano firme de ella y la miró con su sonrisa voraz.

—¿Quieres que hablemos en español?

—Como prefiera usted.

Los monstruos saben cuándo los han reconocido, igual que los aburridos. Hans-Peter estaba acostumbrado a reacciones de desagrado y miedo cuando su comportamiento le delataba. En bellísimas ocasiones, la reacción era una súplica agónica de una muerte más rápida. Algunas personas detectaban la señal con más rapidez que otras.

Cari se limitó a mirar a Hans-Peter. No pestañeó. Las pupilas negras de sus ojos tenían la huella de la inteligencia.

Hans-Peter trató de contemplar su reflejo en los ojos de ella pero, por desgracia, no pudo verse. «¡Qué bombón! Y no creo que sea consciente de ello».

Un momento de ensoñación mientras se inventaba un pequeño pareado: «No puedo ver mi reflejo en los negros estanques de tu vista. / Costará destrozarte a mi antojo, pero lograrlo ¡qué gran conquista!». Lo entonaría también en alemán, con una melodía, cuando tuviese tiempo. Usaría «*hörig*» en lugar de «destrozarte», en el sentido de «esclavizarte». Usaría la melodía de «El repollo y los nabos». Lo cantaría en la ducha. Quizá a ella, si es que recuperaba la conciencia y le suplicaba que fuese limpio.

Por ahora, necesitaba contar con su colaboración. Arriba el telón.

—Llevas mucho tiempo trabajando aquí —dijo—. Félix me ha contado que eres una buena trabajadora y que conoces bien la casa.

—Llevo cinco años cuidando de la casa por temporadas. He ayudado con algunos arreglos.

—¿La casa de la piscina tiene goteras?

—No, está bien. Puede enfriarla si lo desea. El aire acondicionado de la casa de la piscina está en un panel distinto con un cuadro eléctrico en el muro del jardín.

Desde el rincón, Bobby Joe, el hombre de Hans-Peter, observaba a Cari. Incluso en culturas en las que mirar fijamente no es de mala educación, la mirada de Bobby Joe habría resultado maleducada. Tenía los ojos de un amarillo anaranjado, como los de algunas tortugas. Hans-Peter le hizo una señal para que se acercara.

Bobby Joe se colocó demasiado cerca de Cari al aproximarse.

Ella pudo leer su tatuaje escrito en cursiva en el lateral del cuello por debajo de su pelo rapado: «¡Hasta el fondo!». Sus dedos tenían las letras de «AMOR» y «ODIO». En la palma tenía escrito «MANUELA». El extremo de la tira de la parte posterior de su gorra sobresalía mucho por un lado debido a la pequeñez de su cráneo. Cari sintió la punzada de un mal recuerdo que desapareció rápidamente.

—Bobby Joe, deja lo más pesado en la casa de la piscina por ahora —le ordenó Hans-Peter.

Cuando Bobby Joe pasó por detrás de Cari, le rozó las nalgas con los nudillos. Ella se acarició la cruz invertida de san Pedro que llevaba colgada al cuello de un collar de cuentas.

—¿Están abiertas las llaves de la corriente eléctrica y el agua de toda la casa?

—Sí —contestó Cari.

—¿Hay corriente de doscientos veinte voltios?

—Sí. En el lavadero y detrás de los fogones de la cocina. Hay un cargador de carro de golf en la cochera con enchufe de doscientos veinte y dos prolongadores colgados de unos ganchos encima de él. Use el rojo, no el negro. Alguien cortó la toma de tierra del negro. Tiene dos interruptores de veinte amperios al lado. En la casa de la piscina todo tiene interruptores de circuito de falla a tierra.

—¿Tienes un plano de la planta?

—Hay bocetos del arquitecto y un diagrama eléctrico en la biblioteca, en el armario de abajo.

—¿La alarma está conectada a alguna oficina central o a la policía?

—No, es manual, solo con una sirena en la calle. Cuatro zonas, puertas y movimiento.

—¿Hay comida en la casa?

—No. ¿Van a comer aquí?

—Sí. Algunos.

—¿Dormirán aquí?

—Hasta que terminemos el trabajo. Algunos dormiremos y comeremos aquí también.

—Hay puestos ambulantes de comida. Atienden a las obras de construcción que hay a un lado y otro de la calle. Son bastante buenos. Mejor los primeros días de la semana. Oirá el claxon. El que más me gusta es el de Comidas Distinguidas, y el de Hermanos Salazar está bien. El último equipo cinematográfico recurrió a ellos. Tienen escrito «Platos calientes» en el lateral del camión. Tengo un número de teléfono si quiere que le traigan la comida.

—Quiero que te encargues tú de eso —dijo Hans-Peter—. ¿Puedes traer comida y prepararnos algo bueno cada día? No tienes por qué servir la mesa, solo preparar la comida en plan bufé. Te pagaré bien.

Cari necesitaba el dinero. Era extremadamente rápida y meticulosa en la cocina, como lo son las mujeres que se abren paso en Miami trabajando en las casas de la gente rica.

—Puedo hacerlo. Prepararé la comida.

Cari había trabajado con cuadrillas de obreros de la construcción. En su adolescencia, cuando cocinaba a partir de la medianoche y servía comidas desde los camiones de reparto con sus vaqueros cortados, los carpinteros llegaban en manada y el negocio fue en aumento. Según su experiencia, la mayoría de los hombres que se dedican a oficios que requieren esfuerzo físico van con buenas intenciones, incluso son corteses. Solo tienen hambre de todo.

Pero Cari podía ver a los tres trabajadores de Hans-Peter y no le gustaba su aspecto. Presidiarios con tatuajes típicos de la cárcel hechos con tinta de hollín y un cepillo de dientes eléctrico. Estaban metiendo un pesado taladro magnético y dos martillos neumáticos en la casa de la piscina junto con una única cámara de cine.

Las mujeres que trabajan con obreros pueden decirte cuál es la regla de oro con las cuadrillas de trabajadores rudos en un lugar cerrado —que se aplicaba en la jungla igual que se aplicaba aquí—: cuanto más grande más seguro. La mayor parte de las veces, si hay más de dos hombres en la cuadrilla, prevalece el civismo. No empiezan a meterse con una mujer a menos que estén borrachos. Esta cuadrilla era más peligrosa. Se quedaron mirando a Cari cuando llevó a Hans-Peter a los cuadros eléctricos que estaban situados en el estrecho pasillo entre el alto seto y el muro de la finca. Podía adivinar lo que pensaban: «Vamos a tirárnosla entre todos». Más que de sus miradas zafias, de lo que era más consciente era de que Hans-Peter caminaba tras ella.

Hans se puso ante ella tras el seto. De frente y sonriendo, parecía un armiño blanco.

—Félix me ha contado que hasta cuatro personas han desfilado por aquí para cuidar la casa antes de que te encontrara a ti. Los demás le tenían miedo a este sitio y a todas esas cosas raras. Pero ¿a ti no te dan miedo? Sería interesante saber por qué.

No le sigas la corriente, no le contestes, le decía su instinto.

Cari se encogió de hombros.

—Va a tener que pagarme la compra de la comida por adelantado.

—Te lo pagaré después.

—Voy a necesitar el dinero por adelantado. En serio.

—Eres una persona seria. Pareces colombiana..., muy bonito tu acento. ¿Cómo has conseguido quedarte en Estados Unidos? ¿Probaste a usar la baza del «temor fundado»? ¿Te permitieron los de inmigración alegar temor fundado?

—Creo que con doscientos cincuenta dólares valdrá para pagar la compra de comida por ahora —dijo Cari.

—Temor fundado —repitió Hans-Peter. Estaba disfrutando de los planos de su rostro, pensando en cómo les podría afectar el dolor—. Las cosas de la casa, los atrezos de películas de terror, no te asustan, Cari. ¿A qué se debe eso? Ves que no son más que productos de la imaginación de gente que es carne de centro comercial para asustar a otros que también lo son, ¿no? Lo ves así, ¿no es cierto, Cari? Tú ves la diferencia. Tú eres más de verdades. ¿Sabes a qué me refiero? Las cosas palpables, la realidad. ¿Cómo aprendiste la diferencia? ¿Dónde has visto algo que dé miedo de verdad?

—En Publix tienen unas buenas chuletas de oferta y debería comprar fusibles —continuó Cari, dejándole bajo las telas de araña que había tras el seto.

—En Publix tienen chuletas de oferta —repitió Hans en voz baja con la voz de Cari. Tenía una sorprendente capacidad para imitar voces.

Cari llevó a Félix a un lado.

—Félix, no voy a quedarme aquí por la noche.

—El seguro de incendios... —empezó a contestar él.

—Entonces, quédate tú. Más vale que duermas boca arriba. Yo me encargaré de la comida.

—Cari, te lo advierto...

—Y yo también te lo advierto. Si me quedo, va a pasar alguna tontería. No te va a gustar lo que ocurra a continuación, y a ellos tampoco.

5

Don Ernesto quiere saber qué está pasando en la antigua casa de Pablo —dijo el capitán Marco—. ¿Cuándo podemos ir a ver?

Marco se sentó con otros dos hombres bajo una caseta techada del varadero a última hora de la tarde. Una brisa agitaba las banderas de los cargueros amarrados a lo largo del río Miami. El barco del capitán Marco chirriaba contra un muelle lleno de trampas para cangrejos.

—Yo puedo entrar con los jardineros a las siete de la mañana si el camión de Claudio se pone en marcha —respondió Benito—. Por contrato tienen que dejarnos entrar cada dos semanas para sacar las ramas y cortar las malas hierbas. —Benito era viejo y estaba curtido. Los ojos le brillaban. Con sus dedos de plátano lio un cigarro perfecto de tabaco Bugler, enrolló el extremo y lo encendió con una cerilla de cocina que prendió con la uña del dedo pulgar.

—Jesús Villarreal asegura que el oro está ahí en la casa —dijo el capitán Marco—. Lo subió para Pablo en su barco en el 89. Don Ernesto dice que el equipo de cine que hay ahora en la casa es falso, que están cavando los bajos de la casa.

—Jesús era un buen hombre de mar —contestó Benito—. Yo pensaba que había muerto con Pablo. Creía que habíamos muerto todos menos yo, como ya ven.

—Usted es demasiado malvado como para morir —repuso Antonio antes de servir al anciano una copa de la botella que había en la mesa. Antonio tenía veintisiete años y se le veía en forma con su camiseta de mantenimiento de piscinas.

Los tres hombres que estaban bajo la caseta se encargaban de mantener informado a su mentor de Cartagena de lo que pasaba en Miami, como actividad suplementaria. Todos tenían el mismo tatuaje, pero en distinto sitio. El tatuaje era una campana colgada de un anzuelo.

Por el agua llegaba una música procedente de un restaurante río abajo, bajo el paisaje urbano de Miami.

—¿Quién está haciendo excavaciones bajo la casa? —preguntó Antonio.

—Hans-Peter Schneider y sus hombres —contestó Marco.

—Yo he visto a Hans-Peter Schneider —comentó Benito—. ¿Lo han visto ustedes en alguna ocasión? La primera vez que lo ves te apena que pueda estar enfermo. Cuando lo conoces te parece una verga con gafas.

—Es de Paraguay —señaló Marco—. Dicen que es un hombre muy malo.

—Eso mismo piensa él —convino Benito a la vez que se metía la lata del tabaco en la pechera de su peto—. Vi cómo le disparaba a un hombre por el culo por vaguear cuando estaba excavando en la casa de Pablo a las afueras de Bogotá en busca de la plata. Está loco, en el peor de los sentidos.

—Hans-Peter Schneider tiene negocios aquí —dijo Antonio—. Viene y va. Tiene un par de prostíbulos en Miami, el Roach Motel y el otro que hay junto al aeropuerto, y un *peep-show* de vídeos porno. En su mejor momento tenía dos antros de verdadera perversión, el Low Gravy y uno que se llama Congress. El Departamento de Sanidad averiguó que arriba estaban sirviendo algo más que el desayuno y el ayuntamiento le retiró la licencia para vender alcohol. El Servicio de Inmigración y Control de Aduanas trató de botarlo por traficar con jóvenes. Ahora no tiene nada a su nombre. Es como si no existiese. Pero entra y sale para recoger su plata.

Antonio pescaba a menudo con policías jóvenes y sabía algunas cosas.

Se bebió lo que le quedaba en la copa.

—Yo puedo ir a ver la piscina mañana después de las ocho. Pierde agua y puedo prolongar el arreglo.

—¿Y el encargado, el agente inmobiliario, sigue siendo Félix? —preguntó el capitán Marco.

Benito asintió.

—Félix es un huevón de mierda. Su sombrero de trabajo cuesta quinientos cincuenta dólares más impuestos, ¿qué les dice eso? Lo bueno es que no se entera mucho de la vaina. Pero la joven que está en la casa es muy agradable. Maravillosamente agradable.

—Y que lo diga —repuso Antonio.

—No debería seguir en la casa con Hans-Peter Schneider allí.

—He hablado con ella por teléfono. No va a quedarse por las noches —dijo Antonio.

—Una pena que Schneider la haya visto —añadió Benito.

—Vaya usted mañana —dijo el capitán Marco—. Yo subiré el barco por la bahía sobre las nueve con mi equipo para ocuparnos de las trampas de cangrejos. Enredaremos una caña y nos quedaremos allí un rato. Benito, si hay algún problema, quítese el sombrero y abaníquese con él. Iremos a por usted. Si tiene las manos levantadas, tire el sombrero al suelo con un golpe como si fuese sin querer. Entraremos a toda pastilla si es necesario y, cuando oigan el motor, agáchense. Y nada de temeridades. Don Ernesto solo quiere saber qué está pasando en la casa.

Había nubarrones de tormenta por encima de los Everglades al oeste. Dentro de ellos latían relámpagos. Al este, el perfil de Miami relucía como un iceberg.

Junto a la barca cangrejera del muelle, apareció en la superficie un manatí para respirar y resollar. El manatí esperó hasta oír a la cría que tenía a su lado. Satisfecho, volvió a sumergirse y desapareció.

6

Benito llegó temprano con los jardineros subcontratados a la gran casa de Bahía Vizcaína. Estaba cortando las malas hierbas que había junto al rompeolas a media mañana cuando oyó que se aproximaba el barco turístico. El anciano lanzó una mirada a la terraza de la segunda planta. Umberto, el musculoso matón, vestido con su camiseta negra sin mangas, había oído también que se acercaba la embarcación. Estaba sacando a rastras a la terraza una polvorienta cámara de cine.

Benito pudo ver el silenciador del AR-15 de Umberto sobresaliendo unos centímetros por encima de la barandilla. El viejo jardinero negó con la cabeza. «Los descuidos de la juventud. No, así es como piensan los viejos. No es la juventud de Umberto la que tiene la culpa, sino su estupidez, cosa que nunca conseguirá superar».

—Llévate el reflector —gritó Félix a Umberto desde su asiento en el interior refrescado con el aire acondicionado. Félix, con su sombrero panamá de quinientos cincuenta dólares más impuestos fabricado, en realidad, en Ecuador.

La Bahía Vizcaína yacía con su color verde grisáceo bajo el cielo nublado y, más allá de la bahía, se levantaban las torres del centro de Miami, a seis kilómetros al otro lado del agua desde esta casa de Miami Beach.

El barco turístico seguía aún tres casas más abajo, cerca de la orilla, recorriendo el Millionaire's Row con la marea alta. Se trataba de un gran pontón con un doble piso cubierto para los pasajeros, y por sus altavoces sonaba una canción pop. El guía había sido animador de feria en sus tiempos. Su voz amplificada rebotaba en las casas de la orilla, muchas de ellas con los postigos cerrados durante el verano.

—A nuestra izquierda, la casa del magnate de la música Greenie Pardee. Presten atención y podrán ver cómo el sol se refleja en una pared entera de discos de oro que adornan su estudio.

El barco había llegado ya casi hasta Benito. Podía ver las caras pálidas de los turistas a lo largo de la barandilla.

El guía puso música de la película *Scarface* y habló por encima de ella.

—Poniendo una nota más tenebrosa, a nuestra izquierda, donde pueden ver esos raídos toldos verdes, la manga de viento descolorida y el helipuerto abandonado..., esa es la casa que antiguamente perteneció a Pablo Escobar, el capo de la droga, asesino, megamultimillonario sangriento, muerto a manos de la policía en un tejado de Colombia.

»Ahora no vive nadie en ella. La casa se alquila para rodajes hasta que aparezca un nuevo propietario. ¡Anda! ¡Estamos de suerte! ¡Parece que hoy están rodando una película! ¿Alguien puede distinguir a algún actor famoso?

El guía saludó con la mano a Benito. Benito levantó la suya con un movimiento solemne. Los turistas vieron que el anciano no era ninguna estrella. Pocos de ellos respondieron al saludo.

Más allá, en las tranquilas aguas verdosas, el barco cangrejero del capitán Marco se encargaba de sus trampas, con su motor de gasóleo acallando al guía de vez en cuando.

En la terraza, Umberto desenroscaba una tuerca de mariposa de la cámara y, después, volvía a apretarla.

—Quita la tapa de la lente —dijo Félix desde su fresco asiento del interior—. Tienes que parecer creíble.

—Félix, con sus gafas de sol de doscientos dólares.

—Pueden comprar la casa de Escobar si lo desean —dijo el guía mientras el barco pasaba de largo—. Solo necesitan veintisiete millones de dólares. Ahora, cuatro casas más abajo vamos a llegar a la mansión del famoso director de películas pornográficas Leslie Mullens. ¿Les suena de algo *La vuelta al mundo en ochenta posturas*? Y resulta irónico que su vecino de al lado sea Alton Fleet, telepredicador y sanador espiritual cuya iglesia cuenta con millones de seguidores en todo el país, fascinados por sus servicios de sanación emitidos desde la Catedral de las Palmas en Texas. —El barco siguió avanzando y la voz enlatada se fue desvaneciendo.

Una taladradora en el sótano hizo temblar la casa de Escobar. Se levantó polvo de la terraza. Las lagartijas salieron corriendo de las grietas.

El viejo Benito esperaba que Cari Mora saliera. Sería muy agradable verla, poder mirarla y oír su voz.

Unas burbujas en la piscina indicaban que Antonio, con su traje de submarinismo, seguía aún sumergido buscando la fuga de agua. Su presencia animó a Benito a pensar que Cari podría salir. Y, efectivamente, minutos después, llegó ella con su holgada bata de hospital.

Caridad Mora llevaba dos vasos helados de té con menta y —¡SÍ!— le traía uno a Benito. Pudo oler el exquisito aroma que desprendían ella y la menta del té. Se levantó el sombrero. Pudo oler también el sombrero, así que volvió a ponérselo rápidamente.

—Hola, señor Benito —dijo ella.

—Mil gracias, señorita Cari. Es un placer verla hoy y siempre. —«Resulta fácil entender por qué la prima de Cari ganó el título de belleza de Miss Hawaiian Tropic nada menos que en el club Nikki Beach», pensó Benito. «Cari podría haber participado también y haber ganado fácilmente de no ser por las cicatrices de sus brazos. La verdad es que no son más que unas arrugas serpenteantes sobre su piel dorada. Las cicatrices resultan más exóticas que feas. Como pinturas rupestres de serpientes ondulantes. La experiencia nos adorna».

Cari le sonrió. Benito pensó que ella le veía como el hombre que era. Le dejó un poco jadeante, como un chupito de ron de alta graduación, como una calada de hierba Sour Diesel. Como le pasaba con su Lupe cuarenta años atrás.

Benito se quedó mirándola a la cara.

—¿Cari?

—¿Sí, señor?

—Debes tener mucho cuidado con esta gente.

Ella se quedó mirándolo fijamente.

—Lo sé. Gracias, señor Benito.

Cari se detuvo junto a la piscina y se fijó en las burbujas. Se quitó el zapato y colocó el pie sobre la cabeza de Antonio, que estaba sumergido. Él salió escupiendo más de lo que de verdad era necesario. Antonio, con su camiseta de mantenimiento de piscinas mojada y un pendiente con una cruz gótica negra en la oreja izquierda.

Cari dejó el vaso de té sobre las baldosas junto a la piscina.

Antonio se levantó la mascarilla y le sonrió.

—¡Gracias, guapa! ¡Oye, tengo que hablar contigo! Adivina. ¡Tengo entradas para Juanes en el Hard

Rock! ¡Unos asientos buenísimos! Más cerca y se caería del escenario por mirarte. Cena y concierto, ¿qué te parece?

Ella estaba negando con la cabeza antes incluso de que terminara de hablar.

—No, Antonio. A muchas chicas les encantaría ir contigo. Yo no puedo.

—¿Por qué no?

—Pues porque tienes una mujer. Por eso.

—No es lo que crees, nena. Es solo por el permiso de residencia. Ni siquiera hacemos...

—Una esposa es una esposa, Antonio. Gracias, pero no.

Volvió de nuevo hacia la casa bajo la mirada ávida de Antonio.

—Gracias por el té, guapa —dijo.

—Esos modales, Antonio —gritó Benito desde cierta distancia. Sonreía—. ¡Para ti es princesa guapa!

—¡Discúlpeme! ¡Gracias, princesa guapa! —gritó Antonio hacia ella.

Cari se rio pero no volvió la mirada hacia él.

Benito dio un largo trago y dejó su té en el rompeolas. «Eso sí que ha sido refrescante. Y el té también está bien».

Detrás de él, en el centro de la piscina había una copia en escayola de la *Victoria alada de Samotracia*, sin cabeza, con las alas extendidas. Un anterior propietario había creído que se la estaba comprando al Louvre.

Benito miró a la *Victoria* pensativo: «Me pregunto si perdió su sueño de volar a la vez que la cabeza o si aún puedo verlo bajo el centellear del calor sobre el tocón de su cuello o si quizá sigue todavía en su corazón, donde guardamos los sueños. Quizá eso sí que sean pensamientos de viejo que debería evitar. Me pregunto si Cari podrá todavía albergar sueños en su corazón después de las cosas que ha visto. Yo también he visto cosas. Espero que el techo de su corazón sea más alto que el mío».

A media tarde, un Uber trajo a Cari Mora por el camino de entrada con el maletero lleno de comida. El conductor la ayudó a descargar un montón de bolsas y las colocó en el césped. Benito se apresuró a dejar su azadón para coger las cuatro bolsas que parecían más pesadas.

—Gracias, señor Benito —dijo ella. Juntos atravesaron la puerta lateral de la casa para entrar en un solario que tenía una cacatúa en una jaula. Para atraer la atención, el pájaro se había colgado de su palo boca abajo, había levantado el borde del forro interior de periódico de la jaula con el pico y derramado alpiste y cáscaras de semillas por el suelo.

Benito y Cari llevaron la compra a la cocina. Había mucho ruido en la cocina, un ruido que venía desde abajo, donde trabajaban unas potentes herramientas. Un alargador rojo serpenteaba desde el lavadero y atravesaba una puerta que daba al sótano escaleras abajo. Otro cable estaba conectado por detrás de la cocina.

Benito quería ir a ver el sótano. Había unos depósitos de acetileno contra la pared de la cocina, esperando a que los bajaran. Dejó las cuatro bolsas de la compra en la encimera y se disponía a acercarse a la puerta abierta para echar un vistazo al sótano cuando Umberto subió por las escaleras y entró en la cocina.

—¿Qué carajo haces aquí dentro? —preguntó.

—He entrado la compra —respondió Benito.

—Sal de aquí, carajo. No está permitido que nadie entre en la casa. —Miró a Cari—. Te lo hemos dicho. Nadie dentro de la casa.

—He entrado la compra —repitió Benito—. Y no se sueltan groserías delante de una dama. Podrías entrar tú la compra si pudieras con ella.

No fue muy inteligente decir eso. A veces, a los viejos no les importa lo estúpido que puede resultar algo si proporciona una buena sensación de inmediato. Benito tenía la mano dentro de la pechera de su peto.

Umberto no estaba seguro de lo que Benito podría tener debajo de la pechera. De hecho, Benito tenía, justo por debajo del esternón, una pistola Colt 1911A1 de calibre 45 transformada en una Rowland de calibre 460, regalo de su cariñoso sobrino, que hacía estallar sandías con ella en el campo de tiro. Benito la llevaba amartillada y con el seguro.

Umberto pensó que el viejo parecía tener cara de estar un poco loco.

—No está permitido que nadie entre en la casa —insistió Umberto—. A ella la podrían despedir por dejarte entrar. ¿Quieres que se lo cuente al jefe?

Cari miró a Benito.

—Gracias, señor —dijo—. No pasa nada. Por favor, yo me encargaré del resto.

—Discúlpate —conminó Benito mirando a Umberto a la cara antes de salir de la cocina.

Un gran banco de jureles caballo apareció a última hora de la tarde con un rugido como el de un tren, buscando mújoles por el rompeolas donde Benito cortaba malas hierbas con su azada. Benito pudo olerlos y se inclinó sobre el muro que le llegaba a la cintura mientras los potentes peces pasaban a toda velocidad, destellando con sus colas bífidas y con peces pequeños y trozos de pescado volando por los aires a la vez que un empalagoso olor a orina se elevaba desde el agua por detrás de ellos. «Como nosotros», pensó Benito. «Matan y devoran como nosotros».

A través de las suelas de sus zapatos podía notar la taladradora que estaban utilizando en el sótano de la casa.

A continuación, el suelo tembloroso junto al rompeolas cedió bajo su azadón y la tierra cayó salpicando muy abajo. Se encontró mirando el interior de un nuevo agujero surgido en el césped junto al rompeolas. El agujero era del tamaño de su sombrero. Varios metros por debajo del césped pudo ver el destello del agua negra elevándose y decreciendo allí abajo, en el oscuro sub-suelo, dentro del rompeolas. Dio un paso atrás sobre el borde de cemento del patio. Podía oír el agua borbo-teando allí abajo, succionando y salpicando bajo el rom-peolas. El agujero exhalaba con las crecidas, expulsando un hedor a carne podrida.

Benito levantó la vista hacia la terraza superior. Félix estaba allí arriba sermoneando a Umberto de es-paldas al jardín. Benito se sacó el móvil del peto y ac-tivó la linterna. Se puso de rodillas junto al agujero. Con bastante habilidad para tratarse de un hombre tan viejo, metió la mano por el agujero y sacó dos fotogra-fías con flash del espacio que no podía ver, apartando la cara del olor.

Félix seguía hablando en la terraza.

Benito siseó a Antonio, que estaba en la piscina. Antonio se apresuró a dejar su té y salió del agua. Fue con Benito detrás de la casa de la piscina, donde había amontonadas baldosas y tejas sobrantes.

—Vamos a coger una baldosa, la ponemos encima del agujero y vuelves a ponerte a trabajar —propuso Benito.

—¿Va a llamar a Marco? —preguntó Antonio. Miró por la bahía en dirección al barco cangrejero. La tripulación había abierto un barril de cebo y las gaviotas y un pelícano seguían al barco.

Benito y Antonio cogieron una baldosa y taparon el agujero.

—Quédate en el patio, no pises la hierba. Podría ceder más —le advirtió Benito—. Ahora debes volver y meterte en la piscina.

El viejo jardinero cogió una maceta y la puso encima de la baldosa. Estaba poniéndole tierra alrededor cuando oyó a Félix detrás de él.

—¿Qué narices estás haciendo? —preguntó Félix.

—Tapar un hoyo. Vamos a traer un poco de tierra y...

—Déjame ver. Ábrelo.

El agujero estaba lleno de raíces.

—Mierda —dijo Félix. Sacó su teléfono móvil—. Tráeme un cojín de la casa de la piscina. Date prisa.

Arrodillándose sobre el cojín para no mancharse los pantalones de lino, Félix metió su teléfono por el agujero y tomó una fotografía usando el flash.

—Tápalo y pon la planta encima —dijo.

—¿Como estaba antes? —preguntó Benito.

Félix volvió a meterse el móvil en los pantalones y sacó del bolsillo otro accesorio caro, una navaja ornamentada por la que había pagado cuatrocientos dólares. Abrió la hoja y se limpió una uña. Levantó la navaja y, mirando a Benito, volvió a meter la hoja en el mango. Con la otra mano, le extendió un billete de cien dólares doblado.

—Silencio sobre esto, viejo. ¿Entendido?

Benito le miró a la cara. Esperó un momento antes de coger el dinero y lo estrujó en su mano.

—Claro, señor.

—Ve al jardín delantero a echarles una mano.

Antonio estaba sacando un tinte rastreador de su mochila junto a la piscina cuando Félix le habló:

—Coge tus bártulos. Has terminado por hoy.

—Todavía no he encontrado la fuga.

—Recoge tus cosas y vete. Te llamaré cuando quiera que vuelvas.

Antonio esperó a que Félix se diera la vuelta antes de quitarse las aletas. En la parte inferior del pie tenía el tatuaje, una campana colgando de un anzuelo junto a su grupo sanguíneo. Se puso rápidamente los zapatos.

Dentro de la casa, Cari dejó salir a la gran cacatúa blanca de su jaula. Estaba apoyada en su muñeca, mirando los pendientes de ella, cuando sonó el timbre de la puerta. Pasó junto a los muebles tapados con sábanas y una jukebox hacia la puerta lateral, aún con el pájaro en la muñeca. Antonio estaba esperando en la puerta. Miró rápidamente a su alrededor.

—Escúchame, Cari. Tienes que alejarte de aquí. Quédate dentro desde ahora mismo. No veas nada. Hazte la tonta hasta que te digan que te vayas. ¿Me estás oyendo? Si no te botan cuando acabes la jornada, llévate el pájaro a casa. Di que el polvo le está perjudicando. Les cuentas que tienes gripe cuando estés en casa y no vuelvas.

—¡Tócalo, mamacita! —exclamó el pájaro.

Félix apareció por el lateral de la casa con prisas.

—Te he dicho que muevas el culo. Largo de aquí.

Antonio le miró.

—¿Besas a tu madre con esa boca?

—Vete —insistió Félix mientras se marchaba malhumorado, manoseando su móvil.

La camioneta del servicio de mantenimiento de piscinas de Antonio estaba aparcada junto a la del equipo de jardinería. Tres de los jardineros estaban amontonando ramas de palmeras caídas, un cuarto estaba pasando la desbrozadora por el camino de entrada. Cuando Antonio echó los últimos bultos de su equipo en la trasera de la camioneta, vio a Cari en la puerta de entrada de la casa. Seguía aún sujetando el pájaro. Le sonrió y le despidió con la mano.

Detrás de la casa, Félix marcaba con furia un número en su teléfono.

7

Hans-Peter Schneider y Bobby Joe, el de los ojos amarillos, llegaron en la camioneta de Bobby Joe y se encontraron con que el camino de entrada a la casa de Escobar estaba bloqueado por la furgoneta del jardinero. Bobby Joe llevó a Hans-Peter a través del césped y los parterres de flores hasta la puerta de entrada.

La camioneta de Bobby Joe tenía suplementos de suspensión, una barra antivuelco de imitación hecha de plástico cromado y un accesorio de goma en forma de testículos colgado del enganche para el remolque. La pegatina del parachoques decía: «Si lo llego a saber me hubiera recogido mi propio algodón».

Félix salió a recibirlos. Se quitó el sombrero.

—Patrón —dijo Félix.

—¿Quién lo ha encontrado? —Schneider iba ya de camino hacia el jardín que daba al agua. Vestía de lino para el calor y unas deportivas de charol negro que hacían juego con la correa de su reloj.

—El viejo que corta las malas hierbas. —Félix señaló a Benito, que estaba cargando herramientas en la furgoneta con los demás jardineros—. No sabe nada. Me he encargado de él.

Hans-Peter se quedó mirando a Benito un momento.

—Enséñame el agujero —dijo.

Al llegar al agujero junto al rompeolas, Félix y Bobby Joe arrastraron a un lado la baldosa. Hans-Peter dio un paso atrás y se abanicó la cara con la mano.

Félix le enseñó a Hans-Peter la fotografía que había sacado al meter la cámara por el agujero. Había pasado la imagen a un iPad.

El mar había entrado por debajo del rompeolas y había excavado una cueva bajo el patio de hormigón que se había extendido casi hasta la casa. Las raíces de los árboles colgaban por el interior de la cueva como lámparas retorcidas. Unos pilotes llenos de percebes sostenían el patio de encima. El nivel del agua en ese momento de la marea dejaba algo más de un metro de espacio entre el agua y el techo. La erosión había dejado a la vista por debajo del patio la mitad de una barcaza de hierro hundida cargada de grava, parte de los desechos y dragados con los que se había construido Miami Beach.

En el otro extremo de la cueva negra, apenas iluminada por el flash, la parte inferior se inclinaba formando una playa. Se veía un cubo brillante más grande que una nevera al fondo de la cueva, casi pegado a los cimientos de la casa. Félix abrió los dedos sobre el iPad para agrandar la imagen. Junto al cubo, al borde del agua, había un cráneo humano y la mitad trasera de un perro.

—Hemos estado todo el tiempo cavando en el sótano mientras el mar estaba cavando por nosotros —dijo Hans-Peter Schneider—. *Gott mit uns!* Puede contener una tonelada de oro. ¿Quién sabe de esto?

—Nadie, señor. Los demás jardineros estaban en el jardín delantero. El viejo es un temporero ignorante.

—Quizá seas tú el ignorante. ¿O se dice «eres tú»? Nunca recuerdo bien la gramática de este idioma. Ya he visto antes a ese vejestorio. Tráelo. Envía a casa al resto de jardineros. Dile al viejo que necesitamos que nos ayude. Dile que le llevaremos luego en coche.

En la bahía, el ruidoso barco cangrejero iba regresando por la fila de trampas, soltando ahora las que volvían a tener cebos, con los dos marineros de cubierta lanzando por la borda una trampa cada veinte metros a un ritmo constante.

En el puente de mando, el capitán Marco enfocaba los prismáticos hacia el jardín de la casa de Escobar. Vio a Hans-Peter y los demás en el jardín pegado al agua y

vio que Félix y Bobby Joe llevaban a Benito para unir-
se a ellos.

—Rodrigo, deja las trampas —ordenó el capitán
Marco. Señaló con el mentón—. Peligro, muchachos.
Levantad amarras. Entraremos por la fuerza si Benito
tiene que saltar.

En el patio, Benito estaba delante de Hans-Peter.

—Yo te conozco —dijo Hans-Peter.

—Los viejos nos parecemos mucho, señor. Yo no
lo recuerdo.

—Quítate la camisa.

Benito no obedeció. Fueron necesarios Bobby Joe,
Umberto y Félix para agarrarle los brazos por detrás y
atarle las muñecas con dos bridas.

—Quitadle la camisa —ordenó Hans-Peter.

Félix y Umberto le arrancaron la camisa y se la
sacaron por debajo de las tiras de su peto. Bobby Joe
palpó los bolsillos de Benito, pero no el pecho. Golpeó
a Benito en el pálido tatuaje que aún era visible sobre
su caja torácica. El tatuaje era una campana suspendida
de un anzuelo.

Hans-Peter asintió.

—La escuela de ladrones de las Diez Campanas.

—Una estupidez de mi juventud. Puede ver que
está desteñido.

—Félix, es uno de don Ernesto —dijo Hans-Peter—. Tú le has contratado, Félix. Podéis llevarle Bobby
Joe y tú a dar un paseo.

Desde el barco cangrejero, el capitán Marco vio que a Benito le habían arrancado la camisa y también vio la pistola de Bobby Joe. Sacó su teléfono móvil.

A menos de un kilómetro calle arriba, Antonio respondió a la llamada desde su camioneta de mantenimiento de piscinas.

—Antonio, uno de los tipos de Schneider ha pescado a Benito. Tenemos que sacarlo. Yo voy al muelle para cubrirlo por si salta al agua.

—Voy a por él —contestó Antonio.

Antonio pisó el acelerador de la vieja camioneta. No estaban lejos de la parada de autobús donde cansados jardineros y criadas esperaban para iniciar el lento camino de vuelta a casa. Antonio salió del vehículo. Varias de las personas que esperaban le saludaron por su nombre.

—¡Transporte gratis! —les gritó Antonio—. ¡Estoy de celebración! ¡Voy a llevar a cada uno de ustedes a casa! ¡Los llevo directos a casa! Sin boleto ni trasbordo. ¡Vengan conmigo! Vamos a parar en el Yumbo Buffet. ¡Podemos comer todo lo que queramos! ¡Y también pedir comida para llevar! Trayecto gratis hasta su puerta. ¡Y comer lo que quieran por el camino! ¡Todo gratis!

—Antonio, ¿no estarás manejando borracho?

—No, no. No he tomado ni una copa. Pueden olerme. ¡Vamos!

Los pasajeros del autobús se apretaron en el interior de la camioneta de mantenimiento de piscinas de Antonio. Dos en la cabina con él y tres en la parte trasera.

—Antes vamos a recoger a otro más —dijo Antonio.

Cari Mora estaba en la planta de arriba de la casa con un paquete de seis rollos de papel higiénico y algunas bombillas. Los dormitorios estaban hechos una pocilga y en el suelo del baño había toallas y un ejemplar de la revista porno *Tetas gigantes.* La única cama hecha tenía algunos cómics libidinosos y las cinco partes de un AK-47 desmontado esparcidas sobre ella. Una lata de lubricante goteaba sobre la colcha junto a dos cargadores llenos de balas. Cogió la lata de lubricante con dos dedos y la colocó sobre el tocador.

Sonó su teléfono. Era Antonio.

—Cari, ponte a cubierto. Prepárate para largarte. Están apuntando a Benito con un arma. Voy a ir a por él. Marco va a acercarse hasta el muelle. —Colgó.

Cari miró desde la ventana del dormitorio de arriba. Vio que Bobby Joe golpeaba a Benito con la boca de una pistola.

Plas plas clic clic. Cari colocó el tubo de gas en el AK-47.

Cuando bajó el percutor con el pulgar y lo mantuvo apartado con el gatillo, el cerrojo y su dispositivo de cierre se deslizaron con facilidad y, después, el muelle recuperador y la cubierta superior. Comprobación de funcionamiento. Insertó un cargador y metió una bala en la cámara.

Montada y cargada en cuarenta y cinco segundos. Volvió a la ventana. La mira frontal del rifle cubría el bulto de la nuca de Bobby Joe. La valla de delante estaba abierta.

Mientras Antonio entraba por la valla llamó al capitán Marco, que estaba en el barco, dejó el teléfono con el altavoz y se metió el móvil en el bolsillo del pecho.

Antonio pudo ver que Umberto colocaba tres bloques de cemento y un rollo de alambre en la parte posterior de la camioneta de Félix. Benito estaba junto al vehículo con Bobby Joe y Félix. Benito tenía las manos por detrás, probablemente esposadas, pensó Antonio. Se acercó con su camioneta. Salió de ella y fue hacia el viejo.

Al ver que la camioneta de Antonio estaba llena de gente, Bobby Joe se escondió la pistola por detrás.

—¡Hola, Benito! ¡Hola, señor! Se supone que tengo que llevarle a casa —dijo Antonio—. Siento haberme olvidado.

—Lo vamos a llevar nosotros —señaló Félix.

Todos los pasajeros de Antonio los miraban.

—No, señor —repuso Antonio en voz alta—. Le prometí a su Lupe que lo llevaría a casa a cenar completamente sobrio.

Se oyó una carcajada entre la gente que atestaba la camioneta. Unos cuantos de ellos estaban desconcertados, casi seguros de que Lupe llevaba muerta varios años.

—Me va a matar si no aparezco con él. —Antonio miró a sus pasajeros—. ¿Me matará Lupe o no?

—Sí —contestaron varios de los que estaban en la camioneta—. Cierto. Sin duda. Lupe te matará, igual que ha matado a todos los que le dieron la oportunidad de irse a tomar al bar.

Bobby Joe se acercó a Antonio.

—Sal de aquí cagando leches —murmuró.

—Dispárame delante del jurado, malparido —respondió Antonio en voz baja.

Hans-Peter salió a los escalones de delante. Bobby Joe y Félix le miraron. Schneider les hizo un ligero movimiento de cabeza. Félix se aproximó a Benito por detrás y le cortó las bridas. Hans-Peter Schneider bajó los escalones y dio a Benito un fajo de billetes de tamaño considerable.

—Te necesitaremos dentro de dos semanas, ¿entendido? Te daré otro igual que este. No hay motivo para que no podamos trabajar juntos.

Se oyeron varios gruñidos y bromas entre los pasajeros mientras Benito buscaba asiento en la parte posterior de la camioneta.

Antonio hablaba hacia su bolsillo con Marco.

—¿Dónde está Cari?

—La llevo yo. Va a salir por detrás. Estoy en el muelle para recogerla. ¡Vete! —ordenó Marco.

Antonio hizo retroceder la camioneta hacia la valla. Hans-Peter extendió las manos con las palmas hacia sus hombres.

—Dejad que se vayan —dijo Hans-Peter.

Cari bajó corriendo la escalera de caracol con el rifle en la mano. No se encontró con nadie. Sacó al pájaro de la jaula y se lo colocó en el hombro.

—Será mejor que te agarres. Y deja en paz mis pendientes —dijo recorriendo el patio hacia el muelle, donde el barco cangrejero la esperaba, empujando con la proa con tanta fuerza que el muelle temblaba.

Le pasó el rifle a Marco, que estaba en la proa, y saltó a la cubierta, con el pájaro aleteando. El barco cangrejero se alejó hacia atrás removiendo con fuerza el agua, mientras Marco cubría con el arma las ventanas traseras sin ver a nadie.

Antonio se alejó de la casa y la valla se cerró después de pasar la camioneta cargada de gente.

—Llevas la camisa destrozada —dijo a Benito el hombre que estaba sentado sobre la rueda de repuesto—. No van a dejarte entrar en el Yumbo Buffet.

8

El capitán Marco estaba sentado con Benito y Antonio bajo el techado de la caseta. Un único foco en alto iluminaba el varadero. Cinco minutos de lluvia y podían oler el suelo mojado. El agua que escurría del techado golpeteaba formando una línea en la tierra.

—¿Creen que Félix está jugando a dos bandas? —preguntó el capitán Marco.

Benito se encogió de hombros.

—Es probable. Podría haberme pedido como un hombre que guardara silencio, haberme pagado una buena suma, pero tuvo que mostrarme su navaja. Creo que esa navaja le podría caber en el agujero del culo, pero holgadamente, con espacio para sus gafas de sol.

—Hablando de agujeros, ¿ese de debajo del patio ocupa toda la parte inferior de la casa de Pablo? —preguntó el capitán Marco.

—No lo sé, pero es profundo. El mar ha llegado hasta donde no lo hizo el FBI. Se puede oír cómo lo succiona. Está abierto a la zona submarina de la bahía por la base del rompeolas.

Unas polillas grandes revoloteaban alrededor de la bombilla desnuda que había por encima de los hombres. Una aterrizó en la cabeza de Antonio. Sus patitas le hicieron cosquillas en la frente hasta que la ahuyentó con una mano.

El capitán Marco sirvió una ronda de chupitos de ron y exprimió una lima en su vaso.

—¿Por cuánto tiempo van a tener la casa?

—Hay una autorización de treinta días de rodaje pegada en la valla —contestó Antonio—. Está emitida a nombre de Alexander Smoot de Producciones Smoot.

Benito frotó una lima en el borde de su vaso. El ron era Flor de Caña 18 y al probarlo cerró los ojos durante un segundo de felicidad, saboreando la boca de Lupe tiempo atrás, como si ella estuviese ahí en ese momento.

Cuando los hombres vieron a Cari Mora salir de la oficina del varadero, Benito le preparó una copa como la suya y Antonio acercó otra silla de mimbre a la mesa. Llevaba el pájaro en el hombro. La gran cacatúa se subió a lo alto de la silla. Ella le pasó una uva de un cuenco que había en la mesa.

—¡Tócalo, mamacita! —dijo el pájaro, una referencia a un momento anterior en su accidentada vida.

—Calla —le reprendió ella antes de darle otra uva al pájaro.

—Cari, tienes que mantenerte bien alejada de ese lugar —dijo Benito—. Hans-Peter te venderá, lo sabes, ¿no? Nunca se creerá que no estás con nosotros.

—Lo sé.

—¿Tiene idea de dónde te alojas cuando no estás en la casa?

—No. Ni tampoco Félix.

—¿Necesitas un lugar donde quedarte? —preguntó Benito.

—Yo tengo una habitación de sobra —se apresuró a decir Antonio.

—Estoy bien. Tengo donde quedarme —respondió ella.

El capitán Marco golpeteó los planos del edificio que tenía en la mesa.

—Cari, ¿sabes qué es lo que está pasando?

—Han hecho algunos agujeros en las paredes y están levantando el sótano buscando algo —contestó—. No es difícil imaginar qué es. Está claro que ustedes también lo buscan.

—¿Sabes quiénes somos?

—Es probable. Para mí ustedes son mis amigos, el señor Benito, Antonio y el capitán Marco. Eso es lo único que quiero saber.

—Puedes participar o quedarte fuera —le ofreció el capitán Marco.

—Me quedo fuera, pero quiero que ganen ustedes —respondió Cari—. Quizá pueda contarles lo poco que sé y quizá ustedes no me cuenten secretos que tenga que guardar.

—¿Qué has visto en la casa?

—Hans-Peter Schneider ha tenido un par de discusiones a gritos por teléfono con alguien a quien llamaba Jesús. Usó una tarjeta de teléfono para llamar a Colombia. Mucha discusión. No paraba de preguntar: «¿Dónde está?». Han pasado detectores de metal por toda la casa desde el desván hacia abajo. Muchas barras de acero en los cimientos. Han hecho un par de perforaciones. Tenían una enorme taladradora magnética, de unos cuarenta kilos, y dos martillos neumáticos.

—¿Qué se suponía que tenías que creer al ver que estaban destrozando la casa?

—Félix me dijo que no me preocupara, que era responsabilidad suya como agente inmobiliario. Yo le dije que lo dejara por escrito. Él respondió que no. Ese tal Schneider me mostró alguna plata. Me la mostró a mí, mucha plata.

—¿Te ha pagado?

—No. Solo la estuvo enseñando y me dio algo de efectivo para las compras. Tengo aquí un mensaje nuevo de Félix. Dice: «El jefe no quiere que vengas más, pero puedes venir a por tu dinero. O te lo enviamos a tu casa cuando nos des la dirección o me reúno contigo tan pronto como pueda...». Claro, voy a ir corriendo.

—¿Te vio alguien salir de la casa?

—No lo creo, pero no estoy segura. Creo que estaban todos en la parte de delante.

—Habrán echado en falta el arma —dijo Marco—. Quizá vuelvan a verla.

—Me voy ya —dijo Cari.

Antonio se levantó rápidamente.

—Espera un poco, Cari. Yo te llevaré a dondequiera que te estés alojando, si quieres que lo sepamos.

—Hay un cómodo asiento en el muelle —dijo Marco.

Antonio le llevó a Cari su copa y volvió a la mesa.

—Schneider tendrá que ser cauteloso ahora —dijo el capitán Marco—. Si los federales le ven haciendo excavaciones en Miami Beach, van a caer sobre él como quien se tira de un árbol.

Marco desenrolló los planos en la mesa y los sostuvo con la botella y un coco.

—El abogado de Pablo presentó este plano al ayuntamiento para obtener la autorización hace años, cuando construyeron el patio —dijo el capitán—. Como ven, está hecho sobre pilares de hormigón. Por eso no se ha caído cuando el mar lo ha ido erosionando por debajo. ¿Han visto la fotografía que ha sacado Félix?

—Solo por encima de su hombro —contestó Benito—. La tenía pegada a su pecho de palomo. Yo tengo esta. No se puede esperar más de un teléfono plegable.

—¿Qué dimensiones tenía la caja que usted vio?

El viejo jardinero colocó su dedo abultado sobre el plano del edificio.

—La caja estaba por aquí. Como referencia solo tengo el cráneo que hay a su lado en esta foto borrosa. El tamaño de la caja es mayor que un frigorífico grande. Como la máquina de hielo grande del Casablanca Fish Market.

—Con una cueva así de grande, el agujero de debajo del muro del rompeolas puede que también lo sea —dijo Antonio.

—¿Lo suficiente como para sacar a rastras una gran máquina de hielo? —preguntó el capitán.

—Nacho Nepri podría hacerlo desde su barcaza con el cabrestante grande —contestó Antonio—. Mueve rocas de escollera más grandes que eso con su cabrestante y su grúa. Si es que le convencemos para que lo haga.

—Tenemos que ver el agujero de debajo del rompeolas. ¿Cuánta agua hay con marea alta? —preguntó el capitán.

—A lo largo unos dos metros y medio —contestó Antonio—. Puedo verlo bajo el agua desde el lado de la bahía.

—¿Quieres ir con el barco cangrejero?

—No, puedo entrar en una casa que hay calle abajo donde les cuido la piscina. Prefiero deslizarme por el rompeolas desde allí.

—Mañana, la bajada de la marea empieza media hora antes de la puesta de sol —dijo Marco—. La predicción dice que hará sol. La bahía proyectará reflejos en sus ojos y es muy probable que la marea arrastre mucha hierba. No entres en el agujero, Antonio. Solo deslízate hasta allí por debajo de la hierba y echa un vistazo. ¿Tienes aire?

Antonio asintió y se levantó dispuesto a marcharse. El viejo jardinero levantó un vaso hacia él.

—Antonio, gracias por traerme hoy.

—De nada —respondió Antonio.

—Aunque creo que la factura del Yumbo Buffet ha sido excesiva con toda esa gente de la camioneta —se quejó Benito—. Después de ponerse hasta arriba, han tenido la poca vergüenza de pedir más para llevar, con tres gaseosas para regarlo. Antonio..., escúchame, joven: ten cuidado ahora. Bobby Joe estará buscándote.

—Si Bobby Joe tiene mala suerte, me encontrará —dijo Antonio.

El capitán Marco se fue a su austero apartamento cerca del varadero.

Benito puso en marcha su vieja camioneta y se marchó a casa traqueteando. Dejaron encendido el fuego en el incinerador, con la puerta abierta para que diera luz.

Lupe estaba esperando en la casa de Benito, en espíritu, en el pequeño jardín que ella había montado detrás de la casa. Él sintió su presencia cálida y cercana al ver las luciérnagas que parpadeaban por encima de las margaritas blancas, luminosas bajo la luna. Benito se sirvió un vaso de Flor de Caña para él y otro para ella. Se bebió los dos sentado en el jardín con Lupe, y estar allí juntos fue suficiente.

Cari y Antonio estaban sentados en el viejo asiento de un coche en el muelle del varadero con la vista levantada al cielo. El retumbar del bajo de una música lejana llegaba a través del agua.

—¿Qué quieres? —preguntó Antonio—. ¿Qué te gustaría tener?

—Quiero vivir en un lugar que sea mío —respondió Cari a la vez que mordía la lima y la volvía a dejar caer en su copa—. Una casa donde cada sitio en el que pose la mano esté limpio. Y donde pueda andar descalza y el suelo produzca una agradable sensación.

—¿Y vivir sola?

Ella se encogió de hombros y asintió.

—Si mi prima tiene también una buena casa y algo de ayuda con su madre, sí. Quiero tener mi propia casa. Cerrar la puerta y tener tranquilidad. Mantenerla en buen estado. Poder oír la lluvia en el tejado y saber que no hay una gotera a los pies de la cama, sino que cae al jardín.

—Ah, ahora también un jardín.

—¿Cómo no? Me gustaría tener un pequeño espacio para plantar cosas. Salir y recoger alguna verdura para cocinarla. Preparar un pargo envuelto en una hoja de plátano. Poner música alta en la cocina cuando quiera y quizá tomar una copa mientras cocino, bailar delante de los fogones.

—¿Y un hombre? ¿Quieres un hombre?

—Quiero tener mi propia puerta. Después, quizá invitaría a alguien para que entrara.

—Digamos que me presento en la puerta y llamo. Ya sabes, en plan «Antonio el soltero».

—¿Vas a ser Antonio el soltero, Antonio? —El ron le estaba sentando bastante bien.

—No, no voy a ser Antonio el soltero. Ahora no. Si fuera así, alguien tendría que marcharse del país. No voy a hacer eso. Yo conseguí mi nacionalidad prestando servicio en los Marines. Ella ya no puede conseguirla de esa forma. Tiene que esperar. Es amiga mía, así que esperaré con ella. Su hermano prestó servicio conmigo. Le perdimos. —Antonio se golpeteó el tatuaje del globo terráqueo y el ancla que tenía en el brazo—. *«Semper Fidelis».*

—Eso de «siempre fiel» está bien. Pero es solo uno de tus tatuajes.

—¿Te refieres a las Diez Campanas? Era un niño. Un tipo distinto de escuela. Otro tipo de aprendizaje. No tengo por qué justificarme.

—Eso es cierto.

—Solo te diré que cuando ponga mis asuntos en orden para, digamos, ajustarme a tus gustos, tendrás que quemar esos escalones de la entrada debajo de mis pies.

Llegaba música procedente de los barcos a oscuras que había a un lado y otro del río donde las televisiones resplandecían. Ahora, la extraña y hermosa música de Rodrigo Amarante para *Narcos*. Más conga que melodía, llegaba hasta ellos desde el otro lado del agua.

Antonio tenía una voz que él consideraba buena. Miró directamente a Cari y cantó al compás:

Soy el fuego que arde tu piel,
soy el agua que mata tu sed...
El castillo, la torre yo soy,
la espada que guarda el caudal.

Por un momento, la bocina de un barco se oyó por encima de su voz.

Tú, el aire que respiro yo,
y la luz de la luna en el mar.

Pasaron unas nubes por debajo de la luna tiñendo el río en movimiento con manchas de hollín y plata.

Saltaron chispas desde el fuego.

Cari se levantó y besó a Antonio en la cabeza. Él levantó la cara hacia ella pero fue demasiado tarde.

—Tengo que irme a casa, Antonio el soltero —dijo ella.

9

La única familia de Cari en Miami eran su anciana tía Jasmín, su prima Julieta y la bebé de Julieta.

Cuando Cari no tenía un trabajo de interna, se alojaba con ellas en una casa de protección oficial cerca de Claude Pepper Way en Miami. Al marido de Julieta le habían detenido los del Servicio de Inmigración y Control de Aduanas cuando fue de forma voluntaria a registrarse, como le habían dicho. Estaba en el Centro de Internamiento de Krome a la espera de ser deportado por emitir un cheque sin fondos.

Como muchos habitantes de Miami que habían entrado en Estados Unidos a pie, Cari mantenía en secreto sus asuntos. Solo Marco y Antonio conocían la existencia de su prima y dónde vivía Julieta.

Esa noche ya tarde, entró por la puerta de atrás del edificio con su llave. La tía de Cari, su prima y su bebé estaban dormidas. Fue a ver cómo estaba su tía Jasmín, postrada en la cama, diminuta y oscura en contraste con las sábanas. Se quedó mirando el rostro dormido de su tía. Los ojos de Jasmín se abrieron, con sus pupilas grandes y profundas mirando a Cari. Cari sintió que se sumergía en aquella mirada. Podía ver en los rasgos de su tía el parecido con el rostro de su madre, igual que veía, a veces, formas conocidas en las nubes. Sintió que Jasmín trataba de contarle un secreto, de recordar algo importante que tenía que decirle, algo que solo los viejos comprendían, aunque Cari sabía muy bien que ahí dentro no había nadie.

Cari tenía el olor del arma en sus manos. Se las frotó con zumo de lima y jabón antes de sentarse junto a la bebé dormida, escuchando su respiración. Cari llevaba mucho tiempo sin oler lubricante para armas y sin degustar el sabor a cobre de la guerra, como si tuviese una moneda bajo la lengua...

A los once años, habían sacado a Cari de su pueblo a punta de pistola y la habían reclutado para las FARC, las Fuerzas Armadas Revolucionarias de Colombia.

En las FARC la formaron como soldado y le tomaron una fotografía como niña soldado de la Nueva Colombia. Le metieron en el antebrazo el implante anticonceptivo reglamentario y la usaron de todas las formas que podía ser útil. Era rápida, hábil y fuerte. Cari fue una más entre los niños de la base que la guerrilla tenía en lo más profundo del bosque de Caquetá.

Al principio, fue como un campamento para niños. Los oficiales les decían que podrían irse a casa en dos semanas si no les gustaba el ejército. Pero lo cierto es que nunca pudieron volver a casa.

Los niños jugaban juntos cuando no estaban entrenando. Muchos procedían de hogares destruidos y agradecían cualquier tipo de atención. Cuando los ataques aéreos finalizaban había baile en el campamento por la noche. El sexo entre los adolescentes no estaba mal visto, pero el matrimonio y los embarazos estaban prohibidos. El aborto era obligatorio. Los oficiales les decían que estaban casados con la revolución.

La música y las luces de colores parecían cosa de magia para muchos de los pequeños, pues procedían de pueblos remotos.

Y luego, después de un mes, durante una fiesta bajo los árboles por la noche, una pareja intentó huir. Tenían trece años y esta era la segunda infracción. Los piquetes los descubrieron vadeando las aguas poco profundas del río Caquetá. Los centinelas los retuvieron allí bajo la luz de las linternas y mandaron avisar al campamento. Todos se reunieron en la ribera del río.

El comandante les dio una charla, con las luces reflejándose en sus pequeñas gafas redondas. Recientemente habían tenido lugar varias deserciones y eso no podía continuar. Los dos jóvenes tiritaban bajo los focos, con las piernas temblorosas, la ropa mojada, las manos atadas por detrás con bridas. La ropa de la chica, mojada y pegada al cuerpo, dejaba ver un pequeño vientre de embarazo. Un fardo con comida que habían cogido yacía en el suelo junto a ellos. Con las manos atadas, los dos muchachos no podían abrazarse. Estaban juntos y apretaban el lateral de sus cabezas uno contra otro.

El comandante habló de lo mal que estaba desertar. ¿Debían castigarlos? «Júzguenlos ustedes», dijo. «¿Deberían ser castigados? Han desertado de ustedes y se han llevado su comida. Levanten la mano si piensan que hay que castigarlos».

Todos los adultos y la mayoría de los niños soldados pensaban que sí, que debían ser castigados. Cari levantó su pequeña mano con los demás. Sí, debían ser castigados. ¿Con unos azotes, quizá? ¿Incluso sin desayuno? ¿Que entraran en la patrulla de cocina con Cari? El comandante hizo una señal con la mano. Los guardias empujaron a los dos chicos hacia las aguas poco profundas y les dispararon. Al principio los guardias vacilaron. Ninguno quería ser el primero en disparar. El comandante gritó una orden. Un disparo, dos, y, luego, muchos más. Los niños cayeron boca abajo, rodaron hacia arriba y, después, de nuevo boca abajo y se alejaron lentamente flotando. Uno de los guardias empujó a la chica muerta con el pie cuando su cuerpo se detuvo al engancharse en una raíz. Los extremos de sus bridas blancas sobresalían por encima de sus pequeñas muñecas. Flotaban boca abajo, el uno junto al otro. Y la sangre en el agua era como un pañuelo alrededor de ellos. Cari lloró. La mayoría de los niños gritaba y lloraba. Podían oír cómo en la radio del campamento seguía sonando música de baile.

Qué pequeñas eran las muñecas de los chicos muertos. Cuánto sobresalían los extremos de las bridas de sus pequeñas muñecas. Cuando Cari oía la palabra «horrible», allí era adonde viajaba su mente.

Había bridas por todas partes, por un tiempo fueron comunes tanto para las guerrillas como para sus enemigos, los paramilitares: una fila de bridas sobre un cinturón militar, listas para esposar a algún prisionero. Las bridas no se pudren y su blancura se ve más que los huesos de los esqueletos en el lecho de la jungla. Cuando se encontraba con un cadáver en el bosque, no era su cara pudriéndose lo que revolvía el estómago de Cari ni los buitres que aleteaban pesadamente al alejarse de su comida. Era la brillante brida que esposaba sus muñecas. Las guerrillas entrenaban con ellas: cómo esposar a un prisionero con una mano para cerrar las bridas, cómo calzar una brida para escapar, cómo cortarlas con cordones de zapatos. En los sueños de Cari aparecían muchas veces muñecas esposadas.

No esta noche. No esta noche en Miami, en su sillón junto a la bebé en la casa de su prima. Había visto desde la ventana cómo cortaban la brida de las muñecas de Benito y había visto cómo el anciano salía con vida.

No pensó en nada más. Escuchaba a la bebé respirar y fue dejándose llevar por el sueño.

10

Barranquilla, Colombia

La clínica Ángeles de la Misericordia, donde Jesús
Villarreal yacía en la cama, es un hospital para po-
bres que se encuentra en una concurrida calle comercial.
A mediodía, un Range Rover negro se detuvo delante
del hospital. La multitud y los puestos ambulantes de la
calle avanzaban rodeando el coche mientras los vende-
dores protestaban y empujaban para poder pasar.

Isidro Gómez, grande y rubicundo, salió del asiento del pasajero delantero. Con una simple elevación de
su mentón, hizo que dejaran espacio en el bordillo de la
acera para el coche. Gómez abrió la puerta trasera. Salió
su jefe.

Don Ernesto Ibarra, de cuarenta y cuatro años, conocido en la prensa sensacionalista como «don Teflón», es un hombre de estatura media vestido con una chaqueta de lino tipo safari bien planchada.

Varios pacientes del hospital reconocieron de inmediato a don Ernesto y gritaron su nombre cuando él y Gómez pasaban entre ellos, atravesando la austera planta baja con su desgastado suelo de linóleo y las camas separadas por biombos.

La de Jesús Villarreal era una de las dos habitaciones privadas que había al fondo del pabellón. Gómez pasó sin llamar. En un minuto, volvió a salir, frotándose las manos con una toallita higiénica. Le hizo una señal con la cabeza a don Ernesto, que entró a continuación.

Jesús Villarreal estaba en la cama, un hombre viejo y mustio, atrapado vivo entre los barrotes y tubos que le rodeaban. Se apartó la mascarilla de oxígeno de la cara.

—Siempre fue usted cuidadoso, don Ernesto —dijo Jesús Villarreal—. ¿Ahora registra a los moribundos? ¿Ha mandado a ese hombre enorme para que manosee a la gente que está en cama?

Don Ernesto le sonrió.

—Me disparó usted en Cali.

—Eso no fue más que por negocios y usted estaba respondiendo a los disparos —contestó Jesús.

—Sigo considerándolo un hombre peligroso, Jesús. Tómelo como un cumplido. Podemos seguir siendo amigos.

—Usted es un educador, don Ernesto, un intelectual. Enseña las mejores formas de robar. Pero no enseñan amistad en la escuela de las Diez Campanas.

Don Ernesto se quedó mirando a Jesús, encogido en su cama del hospital. Mientras miraba al anciano, don Ernesto inclinó y giró la cabeza como podría hacer un cuervo que estuviese examinando una baya en el suelo.

—Su futuro es corto, Jesús. Me ha llamado y he venido porque lo respeto. Usted era el capitán de Pablo, nunca lo vendió y, sin embargo, él no le dejó nada. Dediquemos el tiempo que le queda a hablar como hombres.

El anciano respiró unas cuantas veces oxígeno de la mascarilla para complementar el tubo que tenía dentro de la nariz. Habló a trompicones.

—En 1989 llevé oro a Miami para Pablo escondido debajo del hielo en mi trainera. Media tonelada de oro con pescado encima..., unos meros y muchos sargos. Treinta lingotes de oro del tipo que llaman Good Delivery, de cuatrocientas onzas troy cada uno y marcados con números. También lingotes de veinticinco kilos, de los de forma plana, pero de oro doré de las minas de Inírida. Y una bolsa grande de planchuelas de ciento diecisiete gramos, no sé cuántas. —Jesús descansó un momento para tomar aire—. Cuatrocientos cincuenta kilos de oro. Puedo decirle dónde están. ¿Sabe cuánto valen cuatrocientos cincuenta kilos de oro?

—Unos veinticinco millones de dólares americanos.

—¿Qué me dará usted?

—¿Qué quiere?

—Plata y seguridad para Adriana y el niño.

Don Ernesto asintió.

—Claro. Sabe que mi palabra es de fiar.

—Sin ofender, don Ernesto, pero mi política es pagar antes de llevar.

—Con la misma cortesía le pregunto a quién más ha vendido usted esta información, aparte de a Hans-Peter Schneider.

—Es demasiado tarde para que andemos jugando al escondite —dijo Jesús—. Él ha encontrado la caja fuerte donde está el oro. No puede abrirla y seguir con vida a menos que yo le diga cómo. Puede que Hans-Peter trate de llevársela a algún lugar lejos de allí.

—¿Puede llevársela y seguir con vida?

—Tal vez no.

—¿Tiene un interruptor de mercurio? ¿Saltará por los aires si se mueve?

Jesús Villarreal se limitó a apretar los labios. Tenía los labios agrietados y le dolían al apretarlos.

—Usted puede decirme cómo abrirla —insistió don Ernesto.

—Sí. Le contaré ahora algunas de las dificultades y, cuando regrese con la plata en efectivo en mano, hablaremos de cómo resolverlas.

11

El polvo de África que traía el viento tiñó de rosa el amanecer de Miami. En la otra orilla de Bahía Vizcaína, las ventanas resplandecían con un color naranja cuando el sol se elevaba sobre el mar.

Hans-Peter Schneider y Félix estaban en el patio de la casa de Escobar junto al agujero del césped.

Umberto había agrandado el agujero con un pico y una pala. Desde la oscuridad que había debajo de ellos salían ruidos de chapoteo. Cuando el mar atravesaba la abertura bajo el muro del rompeolas y entraba en la cueva que tenían debajo, el agujero exhalaba un aire fétido. Tuvieron que apartar la cara por el hedor.

Bobby Joe y Mateo trajeron algunas herramientas de la casa de la piscina.

Una compacta bandada de pelícanos pasó por el cielo en dirección a un banco de peces.

—¿Cómo cojones voy a saber qué le ha dicho Jesús a don Ernesto? —preguntó Schneider—. Lo sacamos por delante o por detrás, ¿qué más da? ¿Qué pasa con el tipo de Lauderdale?

—Clyde Hopper, el ingeniero —contestó Félix—. Él tiene el equipo. Se reunirá con nosotros y nos dirá cómo solucionarlo. Quiere que nos veamos en el barco.

—¿Su número está en este teléfono? —preguntó Hans-Peter. Hizo rebotar en la palma de su mano el móvil de prepago que había sacado del maletero del coche de Félix.

—¿Qué es eso? No lo sé —dijo Félix. Se lamió los labios.

—Es el teléfono que había en el maletero de tu coche. Dime el código para activar el móvil o Bobby Joe te reventará la tapa de los sesos.

—Asterisco seis nueve seis nueve. Es solo para hablar con mi novia sin que mi mujer..., ya sabe.

Hans-Peter apretó los labios mientras clavaba los dedos en el teléfono y confirmaba el código. Podría examinar el móvil más tarde.

—Oki-doki —dijo Hans-Peter—. Oki-doki. Quizá no necesitemos sacar esta mierda. Igual podemos romperla desde atrás. Vamos a entrar en el agujero para echar un vistazo.

—¿Quién va a entrar en el agujero? —preguntó Félix.

Detrás de Félix estaban Bobby Joe y Mateo. Umberto estaba con ellos y sostenía en las manos un arnés.

La correa del arnés pasaba por una polea colocada en una rama grande del uvero de playa que había sobre el agujero y sobre un cabrestante, un elevador de ataúdes manual.

Bobby Joe levantó el arnés.

—Póntelo —le ordenó Schneider a Félix.

—Yo no he aceptado este trabajo para esto —protestó Félix—. Si me pasa algo vais a tener problemas con mi despacho.

—Has aceptado este trabajo para hacer cualquier mierda que yo te diga que hagas —insistió Schneider—. ¿Crees que eres el único de tu despacho que se ha ofrecido voluntario?

Bobby Joe le abrochó a Félix el arnés y lo enganchó en la correa. Félix dio un beso a la medalla que llevaba colgada al cuello.

Hans-Peter se colocó delante de Félix para poder saborear un poco el miedo de Félix antes de que la mascarilla le cubriera el rostro.

Era una mascarilla de protección con dos grandes filtros de carbón en las mejillas y un protector para la cabeza con una cámara de vídeo y una linterna de minero. Sujetas al arnés llevaba una linterna grande y una pistolera también grande. Félix llevaba un micrófono conectado.

Le costaba inhalar suficiente aire por los filtros de la mascarilla.

Pasaron unos pájaros por el cielo, unos cuervos que hostigaban a un halcón. Félix levantó los ojos y pensó: «Me encanta el cielo». Nunca antes lo había pensado. Sentía que las piernas le temblaban.

—Dadme una pistola —dijo.

Bobby Joe le puso un revólver grande en la pistolera y lo tapó con la solapa.

—No pongas la manos sobre el arma hasta que estés debajo del suelo —dijo.

Bajaron a Félix por el agujero. Notó en las piernas que el aire del subterráneo era cálido. Se giró un poco, colgado del cable.

Una vez que su cabeza estuvo por debajo de la hierba le costó ver. La luz del día que se filtraba por el agujero se reflejaba muy poco en el cemento áspero del rompeolas. La penumbra se fue convirtiendo en completa oscuridad a medida que la cueva se abría. La distancia desde la superficie del agua hasta el techo variaba desde los dos metros al metro veinte cuando el agua entraba en la cueva. Cuando Félix estuvo sumergido hasta la cintura, sus pies tocaron el suelo. El agua se elevaba desde la cadera hasta el pecho y volvía a bajar. Las serpenteantes raíces del uvero bajaban a través del techo. Las raíces eran demasiado rígidas como para poder apartarlas. La linterna de Félix rebotaba en el agua y proyectaba grandes sombras de las raíces. Podía ver por trozos la parte inferior del patio de hormigón y la tierra que colgaba por encima de él.

Hans-Peter Schneider miraba en su ordenador portátil y la voz metálica de Félix sonaba por los altavoces.

—El fondo es bastante liso, puedo caminar. El agua me llega al pecho. Mierda... ¡Eso es la mitad de un perro!

—Lo estás haciendo bien, Félix. Ve a ver el puto cubo —dijo Schneider—. Hazlo ya.

Félix avanzaba despacio hacia el fondo de la cueva. Los pilares que sujetaban el patio le rodeaban como las columnas de un templo sumergido. Estaba sudando. La luz de su cabeza llegó hasta la playa y reflejó el metal. Con su linterna grande pudo ver que la playa estaba llena de huesos y un único cráneo humano. El cubo era realmente grande.

—Es una caja, más alta que ancha. Plancha de acero diamantado, como el suelo antideslizante. Los bordes están soldados.

—¿Cómo es de grande? —preguntó Schneider.

—Del tamaño de un frigorífico. Más grande. Como el mostrador refrigerado de una tienda.

—¿Alguna sujeción para levantarlo? ¿Asas?

—No puedo verlo.

—Pues acércate más y mira.

Un sonido de burbujas por detrás de Félix. Se giró hacia el sonido. Vio unas hileras concéntricas de pequeñas burbujas que se levantaban con la forma de un ataúd.

Félix gateó hasta la playa.

—No hay sujeciones ni asas ni puerta ni tapa. No puedo verlo entero, tiene una parte cubierta de tierra.

Un ruido de burbujas y Félix giró la linterna. Un par de ojos rojos se reflejaron en el agua oscura. Disparó con la pistola hacia los ojos y desaparecieron.

—Voy a salir. Voy a salir. —Avanzó rápido para volver hasta debajo del agujero del techo de la cueva—. ¡Subidme! ¡Subidme!

El cabrestante estaba girando y la correa se movía por delante de él. La correa salió del agua, goteando. El cabrestante tiró de la cuerda y Félix empezaba a elevarse cuando una tremenda sacudida le empujó a un lado y cayó al agua, haciendo volar la linterna y disparando la pistola hacia el techo.

Arriba, en el jardín, el cabrestante giró hacia atrás y la manivela golpeó las manos y brazos de Bobby Joe emitiendo un zumbido mientras la correa se soltaba deslizándose rápidamente por el agujero.

En la cueva, la cuerda bajó por el agujero bajo el rompeolas, se tensó y soltó un silbido, lanzando gotas de agua. Después, cayó al suelo de la cueva.

—¡Subidlo! —gritó Schneider.

Por el ordenador portátil, Schneider pudo ver a través de la cámara que Félix tenía en la cabeza el fondo marino pasando por debajo de él, con el haz de luz de la linterna de minero rebotando por el suelo. Mateo y Umberto se afanaban con el cabrestante para subir el arnés.

Salió por el agujero conteniendo la mitad inferior de Félix, la parte baja del torso y las piernas envueltas en lazadas de intestinos rosas y grises.

A lo lejos, en la bahía, la mano de Félix salió a la superficie, cortando el agua con algo parecido a un saludo, hasta que algo tiró de ella hacia abajo y desapareció de la vista.

Los hombres quedaron en silencio durante unos momentos.

—Esa era mi puta pistola —dijo Bobby Joe.

Umberto se probó el sombrero y las gafas de sol de Félix.

—¿Qué pasa con la casa? —preguntó Umberto.

Hans-Peter le quitó a Umberto las gafas de sol.

—Uno de la oficina de Félix es fanático de las gafas de sol —dijo—. Puedes quedarte el sombrero.

12

A primera hora de la mañana, Cari estaba rallando zanahorias para la salsa picante que Julieta vendía en el mercado local.

La gran cacatúa blanca farfullaba posada en su palo, molesta por el cacareo de gallos en el barrio.

—Chupahuevos —dijo el pájaro.

Al igual que Cari, Julieta tenía titulación como auxiliar sanitaria a domicilio, unos conocimientos bastante útiles ahora que su madre estaba confinada en casa sin asistencia sanitaria.

Habían amueblado el pequeño apartamento de Julieta con grandes muebles nórdicos que les habían regalado algunas familias de pacientes ancianos a los que habían cuidado hasta el final. A las familias de los enfermos les gustaban mucho esas dos jóvenes. Eran alegres, lo bastante fuertes como para levantar al paciente, y podían mirar cualquier cosa sin dejar que nada se trasluciera en sus caras. Los muebles eran cómodos, pero tenían que andar rodeándolos por el pequeño apartamento.

En la pared de la sala de estar había un bonito cartel de un concierto de 1958 en Tel Aviv, en la entrada una fotografía de Julieta en biquini mientras era coronada como Miss Hawaiian Tropic.

Desde el dormitorio de atrás, Julieta llamó a Cari por encima del sonido del llanto de la bebé.

—Cari, ¿puedes calentar un biberón?

Sonó el teléfono móvil de Cari. Tuvo que secarse las manos con el delantal para sacárselo del bolsillo. Era Antonio.

Estaba en su camioneta.

—Cari, escúchame bien. ¿Te gustaría ganar cuatrocientos pavos hoy? —Él se apartó el teléfono de la oreja un momento—. ¿Perdón? Disculpe usted, señorita, pero no se trata de ningún trapicheo. Negocio totalmente legítimo. Sabes que soy un hombre de palabra. Necesito que me ayudes, Cari. A última hora de la tarde voy a mirar allí abajo. Ya sabes, solo a echar un vistazo. Ven a ayudarme.

13

Con la perspectiva del lucrativo trabajo de la tarde, Cari decidió derrochar. En lugar de ir en autobús, tomó un UberX para dirigirse al norte de Miami Beach y pagó nueve dólares con veintiún centavos.

La casa estaba cerca del canal de Snake Creek, en un barrio de pequeñas y pulcras casas que sus propietarios habían comprado con esfuerzo. La mayoría de las familias se las habían arreglado para tener en sus jardines un mango y una papaya, y quizá un limonero Meyer.

Esta era la única vivienda en mal estado, un enmarañado pacto de recompra con el banco, después de que a su dueño se lo llevara a rastras el Servicio de Inmigración y Control de Aduanas y lo deportaran en plena noche. Llevaba cinco años vacía. Cada parte involucrada en la disputa inmobiliaria conminaba a la otra a que lo solucionara. Tenía su propio mango en el patio trasero, pero el árbol estaba pasándolo mal y necesitaba con urgencia una poda y nutrientes.

Cari había visto la casa meses antes y había tomado nota de los datos del cartel del jardín delantero. Su primera visita la había realizado con un empleado del banco que mostró poco interés. El hombre la dejó entrar en la casa y esperó en el coche bebiendo un batido y tamborileando el volante con sus dedos suaves y pálidos. Ya le había dicho a su supervisor que Cari «tendría una posibilidad entre un millón de que le concedieran una hipoteca». Tocó el claxon para que se diera prisa.

Esta vez, Cari vino sola a la casa.

Trajo un fertilizante para árboles frutales que había comprado en Home Depot. La puerta del jardín lateral se había desprendido de sus bisagras y no estaba cerrada. La abrió.

Cari se sentó en una cajón de leche de plástico en el jardín trasero lleno de maleza de la casa vacía y se quedó mirando el mango. Puso la mano en el árbol. La brisa acariciaba el pelo de Cari y susurraba sobre el mango. Aplicó el fertilizante, con cuidado de que no cayera en el tronco. A los mangos no les gusta que les caiga fertilizante en los troncos.

La mujer que vivía en la casa de al lado, al oír el chirrido de la valla, observó a Cari por un agujero de la verja. Cuando vio que estaba echando fertilizante en el mango, su rostro se relajó. La mujer se acercó y le ofreció su escalera por si quería mirar en el desván. Cari entró en la casa.

El sol se colaba por un agujero del tejado en el interior del dormitorio. El segundo dormitorio estaba a medio pintar, la pintura completamente aplicada en una pared y apagándose en la segunda, diluyéndose hasta llegar a una brocha rígida que habían dejado en el suelo, donde el pintor había terminado de beberse su botella de cerveza. La botella vacía estaba junto a la brocha sobre la apelmazada alfombra doblada por los bordes. La casa tenía buenos suelos de baldosa.

Había sufrido algún acto de vandalismo; podía leerse: «Ogalvy, bésame el culo» en la parte inferior de una pared interior junto con un dibujo de mal gusto, supuestamente de Ogalvy con orejas de burro, pero no había jeringuillas en el suelo ni envoltorios de comida. El olor a moho venía de detrás del revestimiento de las paredes manchado de agua de lluvia. La base del inodoro se movía.

Cari pensaba que aquella casa era maravillosa.

Malas noticias en el desván. Algunas vigas se estaban pudriendo. Había un nido hecho de hierba y aislante en el rincón del desván por encima de la cocina. Cari se arrodilló sobre las vigas para mirar el nido abandonado. ¿De una rata? No, de una zarigüeya, sin duda. El nido tenía la distintiva salida de emergencia a un lado además de la entrada formal. Cari había preparado en su época sopa de zarigüeya cuando se quedaba sin provisiones. Había aprendido en la jungla a preparar sopa de rata de campo como tratamiento específico contra la tosferina, pero descubrió que la receta sabía más o menos igual usando zarigüeyas y que era lo mismo de poco efectiva como medicamento. Cari sabía hacer muchas cosas. No tenía experiencia en cambiar vigas del tejado ni en poner tejas. Pero sabía que podía aprender.

A pesar de que hacía sol, empezó a llover con fuerza sobre la casa, las gotas tamborileando y restallando sobre el tejado justo por encima de su cabeza mientras ella estaba arrodillada sobre las vigas. La lluvia entraba por el agujero del tejado y formaba una columna resplandeciente que atravesaba la casa bajo la brillante luz del sol. Puso la mano bajo la lluvia como si pudiera evitar que entrara en la casa. El chubasco terminó en pocos minutos. Cari salió al suelo humeante con la esperanza de ver un arcoíris. Lo había.

La vecina era pequeñita y llena de arrugas. Se llamaba Teresa y ya era vieja cuando llegó a Estados Unidos desde La Gomera, en las islas Canarias. Se ahorraba minutos de llamadas por el móvil comunicándose a través del silbo gomero con su hermana, que vivía a dos manzanas de distancia. Teresa le ofreció a Cari dos mangos de su propio árbol. Se los puso en una llamativa bolsa naranja del supermercado Sabor Tropical.

Entre los vecinos, según le explicó Teresa sin que ella le preguntara, el mango Prieto era el más popular en las casas de origen cubano, como la de los Vargas, cuyo hijo estaba en la facultad de Odontología. El mango Madame Francis era el favorito entre los de Haití, como los Toussaint de la esquina, cuya hija estaba empezando a estudiar Derecho. El mango Neelam era el preferido de los Vidyapati, una familia hindú de corredores de apuestas que vivían al final de la calle y cuyo hijo estudiaba Medicina en la Universidad de Miami. Los jamaicanos eran muy inflexibles en sus opiniones y se burlaban de los demás decantándose a favor del mango Julie. Eran los Higgins, cuya hija era ya farmacéutica. Los chinos estaban divididos y usaban todo tipo de mangos mezclados con lichis en su Café Cantón de la calle 163. Su hijo, Weldon Wing, era considerado un bobo por sus mayores porque iba por ahí cantando todo el tiempo y actuaba en las noches para aficionados de los locales nocturnos bajo el nombre rapero «Love-Jones». Pero Weldon, o Love-Jones, empezó a estar mucho mejor considerado entre su familia cuando se hizo con su propia franquicia de pollo frito de Popeyes, que entre los vecinos se pronunciaba con el acento de Miami como «Popayez».

Oyeron un silbido nítido y claro que venía desde lejos. Continuó durante varios segundos, subiendo y bajando de tono.

—Perdone —dijo la vecina—. ¡Claro que tengo bolsas para la aspiradora!

Se metió dos dedos en la boca y silbó una frase con tanta fuerza que Cari tuvo que dar un paso atrás.

—Supongo que se lo había dicho antes —dijo la diminuta señora—. Siempre me está pidiendo bolsas para la aspiradora. Le sugerí que fuera al Walmart, donde las tienen en oferta. ¿Quiere esta casa? Rezaré por usted. Puedo regar el mango a través de la rendija de la valla.

14

Media hora antes de la puesta de sol, la camioneta del servicio de mantenimiento de piscinas de Antonio se metió en el camino de entrada de una casa a manzana y media de la mansión de Escobar. Cari Mora iba al volante.

—Me encargo de la piscina de esta gente cada semana —dijo Antonio—. No estarán de vuelta en Miami Beach hasta finales de septiembre.

Salió y marcó el código de entrada de la puerta.

La puerta se abrió muy despacio, pensó Cari. Quería preguntarle a Antonio cuál era el código, por si tenía que abrirla sin él. No quería tener que pedirlo.

Él lo notó en su expresión.

—Desde el interior se abre cuando te acercas con el carro. —Le hizo una señal con la mano para que pasara. Ella giró la camioneta por el patio hasta que la dejó de cara a la valla.

—Espera aquí hasta que me veas o te llame yo.

Ella salió de la camioneta y fue con él.

—¿Y si tienes algún problema? Puedo ayudarte —dijo ella—. Puedo nadar contigo. Podemos llevar una pistola en la bolsa hermética y puedo cubrirte desde debajo del muelle de al lado. Puedo mantenerlos alejados del rompeolas si te ven.

—No —contestó Antonio—. Gracias, Cari. Te he invitado para que me ayudes. Lo haremos a mi manera, ¿vale?

—Antonio, es mejor si yo te cubro.

—Cari, ¿quieres hacerlo a mi manera o quieres irte a casa? Tú ocúpate de tu vaina y yo de la mía. Quédate en la camioneta. Escúchame. Si tengo que salir del agua al otro lado de la calle, te llamaré. —Levantó un teléfono móvil metido en una bolsa hermética—. Si hay alguien en la calle conmigo, ven rápidamente. Detente con la caja de la camioneta a mi lado. Saltaré a la parte de atrás. Písale fuerte y sácanos de allí. No te preocupes. Estaré de vuelta aquí mismo dentro de treinta minutos como mucho.

Sacó su equipo de buceo de la trasera de la camioneta.

Antonio miró a Cari y vio algo de color en sus mejillas. Metió la mano en la guantera y sacó un sobre.

—Estas son las entradas para ver a Juanes en el Hard Rock. Si no quieres ir con el malvado Antonio, lleva a tu prima. —Le guiñó un ojo y rodeó la casa perdiéndose de su vista sin mirar atrás.

Antonio se puso el tanque de oxígeno y la mascarilla escondido en un seto. A lo lejos, podía ver los barcos de luna de miel echando humo por el canal de Government Cut. Estar con Cari había dejado a Antonio un poco encendido y pensó que quizá los motores de los barcos de luna de miel no estaban funcionando siquiera y que el humo salía de los camarotes.

El cielo estaba de un llamativo color naranja por el oeste y la luz que se reflejaba en el agua se movía por debajo de los uveros de playa con manchas del tamaño de una mano.

Antonio bajó la escalerilla del muelle de la casa vacía y se deslizó hacia el interior del agua. Escupió en su mascarilla y la frotó. Tenía la cámara atada a la muñeca.

Nadó ciento cuarenta metros por el rompeolas y por debajo de los muelles manteniéndose a unos dos metros por debajo de la superficie. Emergió bajo el muelle de la casa de al lado de la de Escobar. Los reflejos del atardecer proyectaban una luz temblorosa bajo el muelle. Debía tener cuidado con los clavos que sobresalían por debajo de los tablones. Una tela de araña se le enganchó al pelo. Se sumergió un momento por si tenía la araña en la cabeza. Montones de hierba junto a vasos desechables y botellas de agua de plástico pasaban deslizándose con la marea, balanceándose junto a una hoja de palma tan larga como un caimán. La tapa de una nevera portátil flotaba a su lado, protegiendo a varios peces pequeños del cielo.

Estaban trabajando en el sótano de la casa de Escobar. Mateo y el resto de los hombres quitaban la capa de yeso y cemento de la pared del sótano. Resultaba laborioso. Tenían un martillo neumático, cinceles, palancas y una sierra de sable. El aire estaba lleno de polvo.

Hans-Peter Schneider vigilaba desde las escaleras a la vez que se limpiaba su pálido cráneo con un pañuelo bordado.

Habían empezado por arriba y en medio día habían quitado lo suficiente como para dejar a la vista primero un halo y, después, el semblante de una figura sagrada, una mujer pintada en la cara del cubo que miraba hacia el interior. La figura los contemplaba por encima del yeso y el cemento resquebrajados. Mateo la reconoció. Se persignó.

—Nuestra Señora de la Caridad del Cobre —dijo.

En el jardín de la casa de Escobar que pegaba al agua, Bobby Joe no podía mirar en dirección oeste por encima del agua sin protegerse los ojos del sol del atardecer. Bandadas de ibis pasaban por arriba, volviendo a su hogar en la colonia de Bird Key. Bobby Joe disparó unas cuantas veces a las aves con un rifle de aire comprimido, con la esperanza de romper un ala y tener un pájaro con el que poder jugar, pero no acertó. En la terraza de la segunda planta estaba Umberto sentado en una silla, con los brazos apoyados en la barandilla y su AR-15 al lado.

El sol del atardecer hacía que la casa resplandeciera con un color naranja y las nubes empezaban a iluminarse.

Bobby Joe trató de disparar a un pez con su ballesta, pero este se ocultó bajo el montón de hierbas. Bobby Joe maldijo al sol que le cegaba.

Bajo el montón de hierbas flotantes, Antonio se acercaba hacia el rompeolas de la casa de Escobar, permaneciendo dentro de la mancha oscura que se movía por encima del áspero fondo de escollera y cieno. Se mantenía sumergido a dos metros de profundidad. Un banco de mújoles pasó por su lado, con su color plateado oscuro bajo las sombras y de nuevo plateado brillante cuando salían al sol. Dos cormoranes pasaron por encima de él, nadando a toda velocidad tras los peces.

Un enorme crucero recorría la bahía a unos cuarenta y cinco metros, moviéndose muy deprisa por la zona de manatíes y dejando una gran estela. Había chicas en la cubierta de proa y una en la de popa. Las chicas de la cubierta de proa llevaban los pechos al aire, tapadas tan solo con la parte inferior del biquini.

Umberto miraba desde la terraza de arriba. Enfocó sus prismáticos hacia las chicas con una mano y con la otra se frotó sus partes íntimas.

Le silbó a Bobby Joe, que estaba en el jardín.

Por debajo del agua, Antonio oyó el zumbido del barco. Se abrazó a la parte de abajo del saliente. La ola llegó por encima y le dio un revolcón. El montón de hierbas se elevó y cayó como una alfombra al sacudirse y una de las aletas de Antonio asomó a la superficie, sobresaliendo entre las hierbas.

Umberto vio la aleta y con dos dedos volvió a silbar a Bobby Joe, señalando. Luego habló por un *walkie-talkie.* Cogió su rifle de asalto y fue corriendo hacia las escaleras.

Bobby Joe estaba meando desde el rompeolas, con la esperanza de que las chicas le vieran. Saltó al suelo mientras trataba de subirse la cremallera.

Bajo el agua, Antonio se acercó al agujero que estaba por debajo del rompeolas. Podía ya verlo. El cieno y la arena se levantaban por la corriente mientras el agua entraba y salía del agujero y la hierba marina se movía a un lado y a otro. El agujero era bastante grande, más ancho que alto. Su interior era negro. Una esponja naranja crecía delante de él. Antonio hizo un par de fotografías.

Entonces vio estelas de balas que bajaban por el agua, pasando por su lado con un zumbido.

Umberto y Bobby Joe estaban de pie sobre el rompeolas. Dispararon varias veces al montón de hierba; las estelas de las balas se abrían en abanico a través del agua, con el mecanismo de las armas sonando más fuerte que los disparos amortiguados por el silenciador. Bobby Joe fue corriendo a por su ballesta.

Antonio sangraba por una pierna y en el agua se veía la nube de la sangre primero roja y, después, gris. El agujero se mostraba imponente ante él. En el agua, las estelas de las balas. Giró de lado hacia el rompeolas, tratando de mantenerse en lo profundo.

Bobby Joe vio desde lo alto del rompeolas unas burbujas que se elevaban entre el montón de hierbas. Apuntó la ballesta con una sonrisa y disparó. El cable unido al proyectil se tensó, despidiendo salpicaduras de agua.

Las aletas de Antonio dejaron de moverse. Por encima de él, la balsa de hierba se movía arriba y abajo sobre el oleaje, arriba y abajo como el pecho de Antonio.

Cari, que esperaba en la camioneta a una manzana y media de distancia, tenía la mirada fija en su reloj.

Cuando pasaron cuarenta minutos, llamó al móvil de Antonio. No respondió. Llamó de nuevo.

Dentro de la caseta de la piscina de Escobar, un móvil metido en una bolsa de plástico ensangrentada yacía sobre una mesa al lado de una sierra de sable pringosa. El teléfono vibraba y se movía hacia un lado dentro de la bolsa.

La mano ensangrentada de Bobby Joe cogió el teléfono. Lo sacó de la bolsa con dos dedos y lo levantó para hablar.

—¿Sí? —dijo Bobby Joe.

—¿Antonio? ¿Hola? —preguntó Cari.

—Hooolaaa. Antonio no está ahora mismo en su mesa —contestó Bobby Joe—. Nos está haciendo una mamada. ¿Quieres dejar algún mensaje?

Bobby Joe colgó, riéndose. Los hombres que le rodeaban se rieron también. Bobby Joe se limpió la sangre de las manos con una camiseta del servicio de mantenimiento de piscinas.

Empezó a llover, con grandes gotas salpicando sobre la camioneta de Antonio y golpeteando el capó. El arcoíris que apareció después se desvaneció de inmediato.

En la camioneta, Cari.

Su reloj seguía con su tictac. El segundero avanzaba sin sonar de verdad. El tictac estaba dentro de la cabeza de Cari. La camioneta tenía ventanillas de manivela. Las bajó. La fresca y húmeda brisa entró en ella.

Sintió que los ojos le escocían, pero no lloró. Un jazmín naranja crecía en el muro del complejo donde esperaba a Antonio y pudo notar el olor del jazmín, intenso después de la lluvia.

Se alejó de ella entonces y ella vio a su prometido muerto en la carretera con sus padrinos, todos en el automóvil, que estaba en llamas, incendiado por los pistoleros. Unos vecinos llegaron a la iglesia donde ella esperaba con jazmines en las manos. Fueron a contárselo y ella salió corriendo hacia ellos, corriendo hacia su prometido. El chico pelirrojo estaba tras el volante, vestido con una guayabera de encaje blanco y muerto en la calle. Las ventanillas del coche estaban agrietadas y con agujeros de balas y ella golpeó el cristal roto con una piedra de la calle y trató de sacarlo. Metió la mano por la ventanilla rota y trató de tirar de él y abrazarlo. Unos cuantos valientes de entre la muchedumbre trataron de apartarla y ella se aferró a él. Tiraron con fuerza y el cristal le provocó cortes en los brazos y, entonces, el tanque de la gasolina estalló y la levantó del suelo. La sangre se secó con un color marrón sobre su vestido de novia.

En su riñonera, Cari había metido un par de baleadas de carne con queso por si a ella y Antonio les entraba hambre. Miró las baleadas. Seguían calientes y el vapor había empañado el interior de la bolsa hermética de plástico en que iban envueltas. Las sacó de la riñonera y las tiró al suelo de la camioneta. Metió la mano por debajo del asiento, sacó la Sig Sauer de 40 milímetros y la metió en la riñonera. Cari se bajó de la camioneta. Respiró hondo un par de veces, como si tomara fuerzas del jazmín. Sintió que se mareaba.

Cari recorrió a pie la manzana y media hasta la valla de la casa de Escobar. Cogió un montón de folletos y de cartas de publicidad del buzón. Diría que había venido a recoger su cheque.

Marcó el código de la puerta para peatones. Había un poco de espacio entre el alto seto y el muro que separaba las casas. El conducto eléctrico recorría el muro de piedra con cajas de fusibles para las luces del jardín y para el riego. Podría caminar entre el seto y el muro.

Unas telarañas de arañas cangrejo salpicadas de lluvia reflejaban la luz del cielo rojo y resplandecían sobre Cari mientras ella pasaba por debajo, pegada al muro.

En el camino de entrada, Mateo estaba plegando el tercer asiento del Escalade de Hans-Peter y cubriendo el maletero con bolsas de plástico. No la vio.

Cari se mantuvo por detrás del seto hasta llegar al jardín que daba al agua por detrás de la casa.

La puerta de la iluminada caseta de la piscina estaba salpicada de manchas de sangre. Cari salió de su escondite y cruzó el jardín. Abrió la puerta de la caseta de la piscina. Vio piernas, vio aletas. Un cuerpo yacía sobre una mesa de comedor de la casa de la piscina. Las aletas estaban mirando hacia ella. Había visto las piernas de Antonio muchas veces cuando trabajaba en la piscina y también había pensado en ellas. Eran las piernas de Antonio. Era el torso de Antonio. Su cabeza no estaba.

Buscó la cabeza en el suelo, pero no había más que un charco de sangre, oscuro y espeso por los bordes.

El rostro de Cari estaba entumecido. Sus manos no. Puso la mano en la espalda de Antonio. Aún no estaba frío.

Bobby Joe entró en la casa de la piscina.

Llevaba un rollo de plástico, cuerda y unas tijeras de podar para cortarle a Antonio los dedos. Tuvo que desenredar su cargamento de la puerta mosquitera y no vio a Cari al principio.

Bobby Joe tenía la parte delantera del cuerpo cubierta de sangre. Cuando vio a Cari, dejó caer el plástico y le sonrió. Sus ojos amarillos se inundaron de ella, mirándola de arriba abajo. Si conseguía evitar que gritara, podría follársela un par de veces antes de que los demás la vieran y Hans-Peter insistiera en matarla. Sí, había tiempo para dejarla atontada y echarle un polvo rápido mientras seguía estando bien y caliente y el resto podrían escupirse las pollas y follársela muerta si querían.

Le inundó esa agradable sensación heladora, levantó las tijeras de podar y dio el primer paso largo y ella le pegó dos tiros en el pecho. Bobby Joe la miró sorprendido hasta que ella le disparó en la cara.

Las piernas se le seguían moviendo cuando Cari pasó por encima de él. Oyó gritos procedentes de la casa mientras se guardaba la pistola en la riñonera y se lanzaba en picado desde el muro del rompeolas, con la hierba y la espuma palpitando como una piel enjabonada debajo de ella en su vuelo, con la riñonera golpeándola cuando entró en el agua y la hierba pegándosele al pelo al sumergirse.

Vio movimiento a través de los verdes pecios y nadó con fuerza, sin subir a la superficie hasta que estuvo bajo el muelle de la casa de al lado. Tomó aire dos veces y volvió a sumergirse. Vio movimientos oscuros a través del agua sucia, por debajo de ella y a la izquierda. Nadó lo más deprisa que pudo, pero la riñonera la frenaba. Estaba subiendo para respirar y había tomado media bocanada de aire cuando notó que algo la agarraba del tobillo. Sintió que la arrastraban bajo el agua, con hierba en la cara y el pelo, y se giró, limpiándose la cara con el brazo. La agarraron del otro tobillo y tiraron de ella.

Tenía que respirar y trató de subir a la superficie. Volvió a sentir que tiraban de ella. Se limpió la hierba de los ojos; el pecho se le empezaba a sacudir y pronto tragaría agua. Un espacio de luz entre las balsas de hierba y pudo ver que era Umberto con su traje de buceo, una mascarilla grande y burbujas que salían hacia arriba. Iba a ahogarla. Manteniéndose apartada de ella para ahogarla tirando hacia abajo de sus tobillos cada vez que ella intentara respirar. Metió la mano dentro de la riñonera. Él la aferró de los tobillos y ella dobló el cuerpo con fuerza por la cintura aprovechando que él la tenía cogida por las piernas y que a Umberto le costaba girarse llevando encima el tanque de oxígeno.

Apretó la riñonera con fuerza contra él y le disparó dos veces a través de ella; los gases estallaron en su interior como si disparara una lupara submarina. Apoyó sus pies contra él para elevarse. Con una sensación de fuego en el pecho subió a la superficie y aspiró gotas de agua y aire, entre toses y jadeos. Se agarró a la escalerilla del muelle, arañándose las manos con los percebes, sin parar de jadear una y otra vez.

Quedaban unos cien metros hasta el lugar donde estaba aparcada la camioneta.

Se sentó dentro de la camioneta, temblando, aferrada con la mano a la tela del asiento del pasajero. La sentía bajo la mano como una guayabera de encaje, donde la sangre se había secado y era de color marrón.

Respiró con fuerza el aire invadido de jazmín. No lloró.

15

Cari Mora tenía dos baleadas de carne con queso en una bolsa de plástico, una botella pequeña de agua y la Sig Sauer P229 de Antonio con siete balas aún en su interior además de otro cargador entero. Tenía ciento diez dólares en la cartera y los utensilios que usaba para arreglarse las uñas en el autobús. Tenía su pequeña sombrilla con el mango reforzado con tres arandelas de plomo de los depósitos de cloro. Antonio le había puesto las pesadas arandelas a la sombrilla porque ella tenía que esperar muchas veces en paradas de autobús de noche.

En el aparcamiento de un centro comercial, Cari pasó un trapo por el interior de la camioneta. Podía verse en los espejos mientras los limpiaba. No podía interpretar nada en su propia cara. Se puso la sudadera con capucha de Antonio por si había cámaras de seguridad. La sudadera olía a Antonio: desodorante Mountain Air y un toque de cloro. Había algunos condones en el bolsillo de la sudadera. Cogió la medalla religiosa que colgaba del espejo y la metió en el bolsillo con los condones. Dejó la camioneta y fue a tomar un autobús.

Había un árbol de quenepa junto a la parada donde tenía que hacer trasbordo. Estaba claro que el propietario del árbol no sabía qué era ni reconocía la comida caída al suelo, cosa muy común en Miami. Había quenepas en el césped de detrás de la parada de autobús y en la acera. Pudo ver también mangos, pudriéndose, tirados en el suelo, pero estaban tras una verja demasiado lejos como para poder llegar a ellos. Cari cogió dos puñados de pequeñas quenepas y se los metió en el bolso. Peló una para sacarle la pulposa carne de la semilla. Tenía el familiar sabor agridulce y la textura de un lichi.

Fue antes de que sonara su teléfono móvil. La llamada era del teléfono de Antonio. Le había visto con la cabeza cortada y, aun así, sintió un fuerte deseo de responder. El teléfono vibraba en su bolsillo. El teléfono de él estaba vivo. No estaba flácido e inmóvil como los músculos de su espalda cuando ella le colocó la mano encima en la casa de la piscina.

Se aseguró de que el dispositivo de localización estaba apagado. Comió seis quenepas más para mantenerse con fuerza. En el largo trayecto en autobús hasta el apartamento de su prima tuvo tiempo para pensar.

Si la policía no acudía a la casa de Escobar, Hans-Peter Schneider sabría que ella no podía llamarla. Pensaría que formaba parte de la banda de las Diez Campanas. Cari estaba segura de que Schneider no se molestaría en buscarla hasta haber terminado su misión. Entonces, a su debido tiempo, la mataría o la vendería a un lugar sin retorno.

Esa misma noche entró por la puerta trasera del edificio de apartamentos cerca de Claude Pepper Way. La tía de Cari y su prima Julieta y la bebé estaban dormidas.

Se frotó las manos con el jugo de una lima y se las lavó. Se sentó en la habitación con la bebé, escuchándola respirar. Cari la cogió en sus brazos y la acunó cuando se inquietó en medio de la noche. Su somnolienta prima Julieta oyó a la bebé y se despertó.

—Yo me encargo, quédate ahí —dijo Cari.

Calentó un biberón para la bebé.

Cuando se hizo pis, Cari la limpió, le echó polvos de talco y la acunó hasta que volvió a dormirse.

Esa noche, le ofreció el pecho a la bebé de su prima cuando empezó a lloriquear. Aunque no tuviera leche ninguna, la bebé frotó la cabeza contra Cari y se calmó. Cari no había hecho eso antes. Aquello suavizó las súbitas imágenes de la expresión de Bobby Joe cuando le disparó en la cara. Bobby Joe boca abajo con la nuca reventada, la correa sobresaliendo por la parte de atrás de su gorra y las piernas aún moviéndosele.

Mientras arrullaba a la niña, miró la mancha del techo que tenía la forma de Colombia. El poeta se equivocaba, pensó. No, un bebé no es simplemente «otra casita para la muerte».

Cerró los ojos. Debería haber insistido en meterse en el agua con Antonio. Deseaba habérselo follado salvajemente cuando quiso hacerlo. Deseaba haberse impuesto sobre toda esa tontería machista y haberle dicho que iba a meterse en el agua con él. Pero en lugar de eso le había dejado adentrarse en una situación táctica que ella comprendía mejor que él. Antonio era un maldito marine. Tendría que haber sido más sensato.

A Cari, la niña soldado de doce años, la solían castigar por falta de atención en las clases de adoctrinamiento, unas clases que para ella no tenían más sentido que las de catequesis, pero era muy buena entendiendo rápidamente las tácticas. A las FARC les resultaba útil.

Pensaba que los heridos eran importantes y aprendió con celeridad la medicina de urgencia. Su mano sobre el rostro de un soldado calmaba al soldado mientras ella le apretaba un torniquete con la otra mano.

Se le daba bien el mantenimiento de armas y equipamientos. Su principal labor, a menudo un castigo por su actitud, era cocinar al aire libre: cacerolas de setenta y cinco litros de estofado cuando tenían carne, cociéndo-se sobre un fuego en un lugar de tierra raspada y cobertizos de metal camuflados donde un irlandés les enseñaba a hacer morteros con bombonas de gas, a ponerle alambre detonador a una granada, a manejar proyectiles defectuosos en un mortero.

Los secuestros y las extorsiones servían para mantener a la guerrilla. Una de las obligaciones de Cari era ocuparse de un profesor anciano que las FARC habían secuestrado. Era un naturalista, un docente y, en otro tiempo, político, un hombre de salud delicada que procedía de una familia rica de Bogotá. Le estuvo cuidando durante tres años. Los guerrilleros de las FARC fueron razonablemente buenos con el anciano mientras recibieron pagos de su familia. Le daban libros que habían saqueado de las mansiones de los opresores y Cari le leía cuando sus ojos estaban cansados, con sus gafas dobladas dentro del bolsillo de la camisa. Los libros que le dejaban tener no tenían contenido político, pensaban sus captores. Eran de poesía, horticultura y naturaleza. Un oficial de las FARC obligaba al profesor a que hablara sobre Darwin a los reclutas más jóvenes como afirmación del comunismo.

El campamento de las FARC era una curiosa mezcla de lo antiguo y lo nuevo. Siguiendo órdenes, Cari preparaba sopa de rata de campo para combatir la tosferina y, al mismo tiempo, el comandante tenía un ordenador portátil.

Uno de los deberes de Cari era recargar las baterías de los ordenadores, arrastrando la pesada batería o llevándola con un carrito de bebé hasta la fuente de electricidad más cercana. Si el enchufe estaba cerca y era suficientemente seguro, los oficiales dejaban que el anciano naturalista la acompañara en su tarea.

Un cálido día de primavera, Cari, de doce años, caminaba con el viejo profesor secuestrado por un camino de tierra. Las flores brotaban en las cunetas y las abejas se afanaban con ellas. Se dirigían a la enfermería a por la insulina del cautivo, que su familia proporcionaba a las FARC pagando una alta cuota. Tenían que atravesar una aldea abrasada, escenario de una masacre reciente. Había sido una aldea partidaria de los paramilitares. No miraban el interior de las chozas por miedo a lo que pudieran ver. Un buitre aleteó provocando un fuerte ruido al despegar desde un tejado de chapa. En una casa, los ocupantes habían tratado de sacar sus pertenencias al patio. Había una mosquitera enredada en los arbustos. El anciano naturalista se quedó mirándola un momento, y también a las flores del camino, tiró de la red para bajarla y la dobló.

—Creo que podríamos llevarnos esto, ¿no? —le dijo a Cari. Ella se encargó de llevarla cuando él se cansó.

Por la tarde, después de que Cari le pusiera su inyección, el anciano tenía que hablar sobre Darwin a una clase de jóvenes reclutas. La clase trataba sobre principios de la evolución que podían amoldarse para confirmar el comunismo como parte del orden natural. Un monitor se sentó entre la clase para asegurarse de que la verdadera opinión del profesor no saliera a la luz.

Después quedaron libres hasta que Cari tuvo que irse a preparar la cena de la tropa, un carpincho por ser Cuaresma. Las FARC tenían que permitir algo de religión y los carpinchos no contaban como carne durante la Cuaresma desde que el Vaticano decretó que el roedor era un pescado.

—Quiero enseñarte una cosa —dijo el profesor—. Vamos a cortar en dos esta mosquitera. Tenemos unos sombreros con ala alrededor, tráelos, por favor, y ven conmigo.

El anciano se tomó su tiempo en atravesar el bosque tras su choza.

En la pendiente de una colina cercana a un arroyo había una colmena de abejas. Ocupaba medio hueco de un tronco de árbol. Cari y el profesor se pusieron las mosquiteras por encima de los sombreros y se abotonaron las mangas. Con trozos de tela se ataron los bajos de los pantalones.

—Si las abejas se revuelven demasiado, podemos venir en otra ocasión y echarles humo —dijo el profesor. Había cuidado abejas como pasatiempo antes de que el secuestro interrumpiera su vida.

Las abejas estaban ocupadas. Cari y su profesor se colocaron lo suficientemente cerca de la colmena, pero no demasiado.

—Sus labores cambian con la edad —le explicó el profesor—. Las obreras son todas hembras. Empiezan por limpiar la celda donde son incubadas. Después, limpian y arreglan la colmena; luego, reciben el néctar y el polen de las abejas que van a las flores, y, por último, salen a buscar comida hasta que están exhaustas. Algunas de estas abejas buscadoras de comida son novatas en su tarea. Para ellas, es un trabajo nuevo y extraño. ¿Ves? Algunas de ellas se limitan a dar vueltas alrededor de la entrada, memorizándola para poder volver a encontrarla. ¿Ves esa pequeña plataforma donde las abejas regresan a la colmena cargadas de comida? Son las abejas buscadoras de comida que retornan de los campos. ¿Ves el comité de recepción que las acaricia? Si una abeja buscadora de comida es nueva y regresa aunque sea con un poquito de polen o de néctar, la elogian de forma exagerada. ¿Por qué?

—Para que de esa forma quiera volver a hacerlo —respondió Cari.

—Sí —dijo él—. Así, trabajará hasta morir transportando suministros hasta la colmena. La están engañando. —Se quedó mirando a Cari durante un rato con sus ojos claros—. La están utilizando. Saldrá una y otra vez hasta que caiga muerta en algún lugar bajo una flor, con las alas desgastadas hasta quedar convertidas en unas puntitas negras. En la colmena no notarán su ausencia. No lloran ninguna muerte en la colmena. Cuando mueren bastantes recolectoras, fabrican otras más. No existe el concepto de vida personal. Es como una máquina. —Se quedó observándola, quizá preguntándose si le denunciaría—. Lo mismo pasa en este campamento, Cari, en este sistema. Es una máquina. Tú tienes una mente buena e inventiva, Cari. No dejes que te engañen. No limites tu vida personal a los pocos minutos que puedas aprovechar en los bosques con alguien. Usa tú tus propias alas.

Cari sabía que esa especie de discurso era el tipo de subversión más prohibido. Su deber era denunciarle ante el comandante. La recompensarían. Quizá, en lugar de bañarse con los hombres, el comandante dejaría que se bañara temprano y sola cuando tuviera el periodo, como hacían sus novias. La recompensarían. La engañarían. Pensó en su agradable recibimiento en el grupo de la guerrilla, el cariño que le mostraron, la camaradería. El sentimiento de familia que tanto deseaba.

Esta era una familia que le permitía beber en las fiestas. Era una familia tolerante con el sexo, si el comandante lo autorizaba. Era también la familia que le decía que había que matar a quienes no respondieran o a los que huyeran. Votaban sobre a quién matar entre los fugados. Todos votaban que sí. Cari, cuando era pequeña, levantó la mano con los demás, votó con los demás la primera vez, pero nunca más. No estaba segura de lo que estaba pasando. Y, entonces, vio lo que ocurría, vio que les pegaban un tiro en el agua.

La palabra «engañar» se le quedó clavada en la mente. Cuando se hizo bilingüe, las dos formas se le quedaron clavadas en la mente.

Ese mismo día, después de ir a ver a las abejas, el comandante mandó a buscar a Cari, que estaba preparando el carpincho. Su despacho estaba en una casa pequeña requisada por las FARC. Tres mujeres trabajaban en su despacho. Sus labores de oficina no quedaban claras de forma visible. Todas estaban sentadas en cojines que habían hecho ellas mismas.

Cari se puso en posición de firmes delante de su mesa. No iba armada, así que se quitó la gorra.

—¿Cómo está el profesor? —preguntó el comandante. Unos treinta y cinco años, resuelto como gerente, vacilante en combate. Teórico marxista. Llevaba las mismas gafas de montura redonda y metálica que había llevado siendo estudiante.

—Mejor, comandante —respondió Cari—. Ha ganado unos kilos. Comer bananos verdes en lugar de maduros le ha mejorado el azúcar en sangre. Reviso sus resultados. Respira mejor cuando duerme.

—Bien, necesitamos mantenerlo sano. Esperaremos dos semanas más antes de la siguiente petición de rescate. Sugiero que vuelva a escribir a su familia. Si no pagan, en la próxima carta irán sus orejas. Y, Cari, tú se las cortarás. —El comandante hizo girar un clip sobre la punta de un lápiz.

»Por otra parte, Cari, Jorge me ha dicho que te vio con el profesor por el bosque. El viejo llevaba una máscara o camuflaje. Tú también llevabas otra. Jorge se temía que el profesor te hubiera metido alguna idea rara en la cabeza. Estuvo sopesando si traerte ante mí a punta de pistola. Cari, ¿qué estabais haciendo?

—Comandante, el profesor agradece la cortesía con que usted le trata y el hecho de recibir sus medicamentos. Él...

—¿Y expresa esa gratitud llevando una máscara en el bosque?

—Me estaba enseñando a recolectar miel. Antes se dedicaba a criar abejas. Las máscaras eran sombreros protectores que él había hecho. Es una técnica de supervivencia que ha pensado que usted podría permitirle enseñarnos, además de lo de Darwin. Me ha dicho que podría ser útil para la tropa conseguir alimento de esta forma. La miel dura mucho tiempo almacenada sin refrigeración. Me ha dicho que, en caso de emergencia, se puede cerrar una herida con miel porque es casi estéril. Ya tenemos las mosquiteras. Podríamos ahumar a las abejas con manojos de hierbas que no producen mucho humo. No tanto como para que puedan verlo las patrullas aéreas.

El comandante hizo girar el clip. Sus diversas secretarias miraron a Cari con desagrado.

—Eso es interesante, Cari. Deberías haber acudido a mí antes de permitirle que se pusiera nada que no fuese las prendas que tiene autorizadas.

—Sí, comandante.

—Ya te he castigado antes por tu falta de seriedad. Ahora voy a recompensarte. ¿Qué te gustaría? ¿Quieres ir a pasar el día en la feria?

—Me gustaría poder bañarme sola cuando tengo el periodo, apartada de los hombres.

—Esa no es nuestra política. Es sexismo. Todos somos iguales en esta lucha.

—He pensado que quizá podría bañarme temprano, igual que estas combatientes de su oficina —respondió Cari.

Años más tarde, en el largo viaje hacia el norte, ella vería engaños en las estaciones de autobús cuando los lobos iban de caza ofreciendo comida y fingido cariño a cambio del sexo que una cría pudiera dar o del que le pudieran enseñar a dar. A menudo, el lobo tenía la comida y las golosinas en el coche, y de vez en cuando un osito de peluche. No tenían que darle a las niñas el osito de peluche, solo dejarles que lo abrazaran hasta que el lobo se lo quitara y las sacara del coche a empujones de vuelta a la estación de autobús. A veces, las niñas podían hacerse con unas chanclas nuevas adornadas con lentejuelas y flores.

Por fin, los parientes del anciano naturalista hicieron el pago final y fue liberado. Sus guardianes de las FARC dejaron que se afeitara y se pusiera la camisa de vestir con la que le habían secuestrado, ahora andrajosa, y sus tirantes. Cari miró al anciano a la cara y le preguntó si podía llevarla con él y el anciano se lo preguntó a sus captores. Respondieron que no. Preguntó si podría enviarles dinero para que la liberaran. Dijeron que quizá. El dinero nunca llegó. O puede que sí. Cari no fue liberada.

Se fugó cuando tenía quince años. Escapó con un chico un año mayor. Tenía el pelo rojizo y le faltaba un trozo de uno de los dientes de delante. Se acostaban juntos en el bosque siempre que podían y ella le quería mucho. Después de la primera vez, tras acostarse sobre un lecho de hierbas en el suelo del bosque, él la miró como si fuese algo sagrado.

Poco después del amanecer de su último día como soldado, a la unidad de Cari le ordenaron que asaltara una aldea que apoyaba al enemigo de la ultraderecha paramilitar. Fue durante el tiempo en que ambas partes masacraban de forma alternativa pueblos enteros, aunque los locutores de los noticiarios lo llamaban simplemente «diezmar», sin entender lo que significaba esa palabra.

A menudo, las aldeas eran tomadas por la fuerza, por un bando o por el otro. Después, el bando contrario destruía la aldea y mataba a sus residentes por dar cobijo al enemigo. Esta redada de las FARC era una venganza a una masacre de la ultraderecha paramilitar tres semanas antes en una aldea simpatizante de las guerrillas. Los paramilitares habían matado a toda la aldea: guerrillas, residentes, sus hijos, sus animales. Todo.

De este mismo modo, la familia de Cari fue masacrada por los paramilitares en su segundo año como soldado. Ella no lo supo durante los seis primeros meses, y, cuando se enteró, fue incapaz de hablar durante dos semanas.

La misión de las FARC era hacerle lo mismo al otro bando, matar a las tropas paramilitares y a todos los demás habitantes de la aldea que les daba cobijo, sin excepción, y quemar las viviendas. Recibieron algunos disparos desde el bosque al entrar. Cari se quedó atrás, deteniéndose para atar un poncho sobre una herida sangrante en el pecho de un guerrillero, apretándola para mantener el pulmón del joven soldado inflado hasta que llegaran los médicos. Le dispararon dos veces desde el bosque y se tumbó junto al hombre herido para disparar a su vez por encima de su cuerpo. Se apartó del camino de tierra roja, moviéndose entre los árboles en paralelo al camino.

Las tropas habían pasado ya cuando ella llegó a la aldea. Habían volado algunas paredes de la escuela y el viento soplaba entre las cuerdas de un piano en llamas, que gemía y se quejaba a través de las cuerdas con las ráfagas que hacían volar partituras por la carretera.

Muchas de las casas estaban en llamas y había muertos por las calles. A ella no le dispararon más. Estaba decidida a no buscar civiles a los que disparar. Un movimiento bajo una casa junto a la carretera. Giró su rifle. No era un soldado, se trataba de un niño que estaba debajo de la casa, escondido, tumbado tras un bloque de cemento que soportaba el peso de una viga del forjado. No estaba segura de si se trataba de una niña o un niño, solo vio un rostro sucio y una mata de pelo.

Actuó como si no lo hubiese visto. No quería llamar la atención sobre él. Se detuvo y se agachó sobre el cordón de su bota.

—¡Corre hacia el bosque! —dijo sin girar la cabeza hacia la casa.

El comandante venía por el camino desde atrás, llegando el último al combate como era su costumbre. Ella no quería quedarse a solas con él. Siempre trataba de meterle el dedo por el recto, apareciendo por detrás de ella y tratando de introducirle una mano por la parte trasera de los pantalones. A favor de él, había que decir que nunca le ordenó que le dejara meterle el dedo por el recto. Era un gesto meramente social.

Ella le había pedido que parara. Había rogado a Dios en repetidas ocasiones que le hiciera parar. Solía ser un punto habitual en sus plegarias nocturnas. No paró.

Ella avanzaba más rápido para mantenerse muy por delante cuando oyó un disparo tras ella. El comandante se había agachado y disparaba por debajo de la casa donde el niño se escondía. Cari corrió de vuelta hacia él gritando: «¡Es un niño!». La visión se le nubló por los bordes de los ojos, manteniéndose enfocada en el centro. Iba corriendo por un túnel de borroso follaje verde y, nítido, en el centro, estaba el comandante.

Él lanzó una granada de fósforo al interior de la casa y las llamas brotaron. Se agachó en el patio con la pistola, apuntando hacia la parte inferior de la casa. Cari corría, su cara entumecida. Él hizo un disparo. Su dedo largo volvió a posarse sobre el gatillo, se agachó más para apuntar y ella se detuvo en la carretera, levantó su rifle y disparó al comandante en la nuca.

Tenía una extraña sensación de calma. Ahora había humo debajo de la casa y vio al niño salir por detrás y correr al interior del bosque. En el borde de los árboles se giró para mirar. El niño estaba realmente sucio. Vio caras entre los árboles. Una mano se movió entre los árboles.

El comandante pesaba demasiado como para arrastrarlo hacia el interior de las llamas. En cualquier momento podría aparecer otro soldado y verle allí tirado, con un disparo por detrás. Pena de muerte. Corrió hasta el comandante. Uno de los cristales de sus gafitas redondas se había roto y el otro reflejaba el cielo. Cualquiera que observara su equipamiento habría pensado que era el hombre más marcial del mundo. Una granada de fragmentación sujeta a la parte posterior de la cartuchera con la munición. Se la quitó. Cari le cogió la mano y se la colocó debajo de la cabeza. Metió también debajo la granada. Tiró de la anilla de la granada, dejó que la palanca saliera volando y corrió, corrió, corrió, se agazapó con el cuerpo aplastado contra la cuneta del camino, mantuvo la boca abierta como le habían enseñado hasta que tuvo lugar la explosión, se puso de pie a trompicones y corrió y corrió de nuevo. La muerte del comandante hizo desaparecer uno de los puntos de sus oraciones.

Huyeron a la carrera, Cari y su amante pelirrojo.

Vivieron un año en el pueblo de Fuente de Bendición, él trabajando en una aserradora y ella batallando con las cacerolas de una pensión y cocinando. Tenían planeado casarse. Ella tenía dieciséis años.

En esa época, no se sobrevivía si uno desertaba de las FARC. Al terminar el año, unos sicarios los encontraron y dispararon al chico en la calle junto a sus padrinos de boda cuando se dirigían en un viejo coche prestado a la iglesia donde Cari le esperaba, con un ramo de jazmines en la mano.

Cuando los sicarios fueron a matar a Cari, la iglesia estaba vacía. Le estaban vendando los arañazos de los brazos en la enfermería del pueblo y salió por la parte de atrás.

La estuvieron esperando en la funeraria. No fue. Se acercaron al ataúd y dispararon varias veces más al novio muerto y tomaron fotografías de las heridas antes de marcharse, pues no le habían desfigurado la cara lo suficiente cuando le mataron.

Una semana después, Cari se presentó ante la puerta de una casa enorme de Bogotá. Un criado salió a abrir y la envió a la puerta del servicio. Ella esperó quince minutos hasta que el anciano naturalista con sus tirantes apareció en la puerta. Tardó un poco en reconocerla, en los escalones de la puerta, vendada y sucia, con sangre en sus zapatos de novia.

—¿Me puede ayudar? —preguntó ella.

—Sí —contestó él de inmediato antes de apagar la luz de encima de la puerta—. Entra. —En todo el tiempo que ella lo había cuidado estando prisionero, él nunca la había abrazado. Ahora lo hizo. Sus vendajes le dejaron sangre en la parte posterior de la camisa cuando ella le devolvió el abrazo.

La criada del anciano se ocupó de ella y enseguida estuvo restregada, alimentada con una buena cena y dormida en una cama limpia. Las persianas de la casa estaban bajadas. Había una condena por ayudar a desertores de las FARC. La pena de muerte. Cari no podía quedarse en Colombia.

Y ayudarla fue lo que hizo el profesor. Estuvo descansando una semana. Fue necesario ese tiempo para poder comprarle una documentación falsa y, después, la metió en un autobús dirección norte, atravesando durante muchos días Costa Rica, Nicaragua, Honduras y Guatemala y atándose ella los vendajes de los brazos con la otra mano y los dientes.

Le dio suficiente dinero para los billetes de autobús en México. Cari no tuvo que subirse a La Bestia, el tren mexicano que va hacia el norte para el que las mafias venden un sitio en lo alto de los vagones de carga, desde donde muchos se caen y pierden brazos y piernas entre las vías. El profesor le dio una nota para una familia de Miami. Debido a una enfermedad, esa familia tuvo que pasarla a otra, a una familia que le dijo que tendría que trabajar tres años gratis. A través de Radio Mambí, supo que eso era mentira y, desde ese momento, tuvo que empezar de cero.

Desde entonces, Cari siempre llevaba con ella algo de comida. Normalmente, no se lo comía hasta la hora de la cena, si es que lo hacía. Siempre llevaba una pequeña reserva de agua y una navaja de longitud legal que podía abrir con una mano. Alrededor del cuello, en un collar de cuentas, llevaba la cruz invertida de san Pedro, que fue crucificado boca abajo. La cruz contenía un pequeño puñal.

Ahora, en el apartamento de su prima, dormía en la silla junto a la bebé, dando cabezadas tal y como había hecho durante el trayecto en autobús hacia el norte, hacia el país de la libertad.

Hacia la medianoche sonó su móvil. El móvil de Antonio la llamaba otra vez. Se quedó mirando el teléfono iluminado en el dormitorio de la bebé. Resultaba difícil no responder. Dejó que la llamada pasara al buzón de voz. La voz decía con acento alemán: «Kaariii. Ven a verme, puedo *ayudarrrte*».

«Seguro. Ven tú, malparido, y te *ayudarré* yo».

Acunó a la bebé mientras le cantaba con voz suave «Consejo para un periquito», una canción de su abuela de etnia guna en la que prometía al periquito un plátano maduro y una vida tranquila cuando fuese vendido a un panameño rico.

En una cabezada hacia el amanecer, vio en su sueño la casita del canal de Snake Creek. La casa había resistido al mal tiempo, aun con un agujero en el tejado. Estaba construida sobre un bloque de piedra. Tranquilizaba ver que no había espacio debajo de ella donde un niño pudiera sufrir ningún daño. En su sueño, en ese alivio después del día, sonrió al soñar con la casa sólida sobre su bloque de piedra y la bebé viva a su lado.

16

El primer rayo de sol incendió la neblina que despedía Bahía Vizcaína.

El barco cangrejero del capitán Marco, con las trampas enroscadas sobre la polea giratoria, se deslizaba en dirección norte junto a la mansión de Escobar. La tripulación del barco parecía especialmente ocupada cuando la policía de Miami Beach pasó por su lado en su veloz lancha patrullera. La policía devolvió el saludo al capitán Marco y moderó la marcha para no levantar una estela de agua sobre los pescadores que se afanaban por trabajar.

Marco y los tres hombres de la tripulación sudaban ataviados con sus chalecos antibalas bajo grandes sobrecamisas. Pasaban ahora junto a la casa de Escobar. Tenían que mirar hacia el este, en dirección al sol. Un destello de luz reflejada desde las ventanas de arriba de la casa.

Esteban, el primero de a bordo, estaba sentado dentro del puente de mando, con la boca de su rifle apoyada en una almohadilla sobre el alféizar de la cabina. Podía ver el reflejo a través de la mirilla de su rifle.

—Veo a uno arriba dentro de la ventana abierta. Ahora solo tiene unos prismáticos en la mano y un rifle junto a la silla —gritó Esteban al capitán.

La cuerda goteaba agua sobre la gran polea a la vez que elevaba las trampas de cangrejos desde el lecho de la bahía. Ignacio cogía las cajas de alambre y listones de madera y echaba los cangrejos azules al interior de un cubo grande en el centro del barco. Amontonaba las trampas en la popa, listas para ser de nuevo sumergidas. Una lenta y continua progresión por la cuerda de las trampas, subiendo, vaciando y amontonando.

A dos barcos de distancia del muelle de Escobar, Ignacio abrió una trampa y se quedó pasmado.

—¡Carajo!

El capitán Marco soltó el embrague de la cuerda y cortó la electricidad.

Ignacio no era capaz de meter la mano en la trampa. La volcó en el cubo y la cabeza de Antonio rodó sobre el montón de animados cangrejos que movían sus pinzas en el aire. La cabeza seguía llevando la máscara de buceo. La cara que rodeaba la mascarilla estaba comida en gran parte por los cangrejos que estaban atrapados con ella, pero, detrás del cristal, el rostro seguía intacto, con los ojos mirando hacia arriba desde el lecho de pinzas en movimiento.

En el rompeolas apareció Mateo. Movió el puño hacia ellos con un gesto lascivo y se agarró la ingle con las dos manos.

—Puedo arrancarle la verga de un disparo —dijo Esteban desde la cabina.

—Todavía no —respondió el capitán Marco.

En el varadero, Benito miraba la cara destrozada de su joven amigo.

—Llamad a Cari.

—No debería ver esto —dijo el capitán Marco.

—Pero querrá estar aquí —repuso Benito.

17

El detective de policía Terry Robles (de baja), de treinta y seis años, de la brigada de homicidios de Miami-Dade, detuvo el coche en una plaza de aparcamiento bajo los árboles de Palmyra Gardens. Al apagar el motor, su teléfono se iluminó con una llamada de la oficina del forense.

—Terry, soy Holly Bing.

—Hola, Holly.

—Terry, esta mañana le he sacado una bala a un ahogado: hombre blanco latino, veintitantos años. La he enviado al Sistema Integrado de Investigación Balística del FBI en Quantico. Han encontrado una correspondencia. La bala podría ser de una de las armas que se dispararon en tu casa. La bala que sacaron de la pared de tu dormitorio. La correspondencia puede ser de nueve puntos.

—¿De quién se trata?

—Aún no se sabe. He llamado a Homicidios y me han dado tu número de móvil. ¿Cuándo vuelves al trabajo?

—Los médicos tienen que darme de alta. Puede que pronto.

—¿Cómo está Daniela, si no te importa que pregunte?

—Justo voy a visitarla ahora. Iré a verte dentro de una hora.

—Estaré dando una clase, pero puedes entrar. ¿Te parece bien que te presente? Se llevarán una desilusión si no lo hago.

—Joder. Vale. Gracias, Holly.

Robles llevaba a Sally en el coche. Era la perrita salchicha de Daniela. Sally se subió a su regazo y él la cogió en brazos y salió del coche para caminar con rigidez hasta la puerta de Palmyra Gardens.

Palmyra es la mejor residencia para personas con necesidades especiales del sudeste. Se encuentra dentro de un grupo de elegantes edificios más antiguos bajo unos enormes árboles. El tirador de la puerta se abre solo desde fuera.

Había varios residentes sentados en bancos en el jardín.

Bajo una pérgola junto a los setos, un predicador de avanzada edad se dirigía a un grupo de mascotas que vivían en el centro. Eran cuatro perros, un gato, una cabra pequeña, un loro y varios pollos. El predicador mantenía el interés de su congregación sacándoles con frecuencia golosinas que llevaba en los bolsillos. Trataba de colocar las golosinas en las lenguas de los animales, a modo de sacramento, pero lo más normal es que las engulleran directamente de su mano. En el caso del loro, sostenía con cautela el sacramento de pipa de calabaza entre dos dedos. El predicador tenía en su grupo a un humano anciano, un caballero al que daba M&M's de uno en uno o de dos en dos.

En la otra mano, el predicador tenía una Biblia de cuero blando agarrada por el lomo y hacía movimientos con el libro dejando que las páginas cayeran a ambos lados de la mano, al estilo que popularizó Billy Graham.

Sally, la perra salchicha, olió las golosinas del predicador y, atraída por la congregación, se removió en los brazos de Robles, que la llevaba a ella y un pequeño paquete al interior del edificio.

La directora de Palmyra Gardens estaba en su despacho. Joanna Sparks, de cuarenta años, gestionaba un negocio bien organizado. Robles pensaba que sería difícil sorprender a Joanna. Ella le sonrió. El pequeño perro de ella saltó de su regazo. Robles dejó a Sally en el suelo y los dos perros empezaron a menear el rabo y olerse.

—Hola, Terry. Daniela está en el jardín central. Terry, le vas a ver un pequeño vendaje en la sien. Un pequeño fragmento de bala le estaba saliendo por debajo de la piel. Era un trozo de recubrimiento, no de plomo. Está bien. El doctor Freeman se lo ha estado mirando.

—Gracias, Joanna. ¿Está comiendo bien?

—Hasta el último bocado y también el postre.

Cuando Robles salió del despacho, Joanna Sparks mandó a una enfermera tras él.

Robles encontró a su mujer en un banco del jardín central. Un rayo de sol que atravesaba las hojas le rozaba el pelo y sintió que el corazón se le hinchaba como una vela. Robles tuvo que recobrar el aliento. Hora de comenzar el espectáculo.

Daniela estaba sentada junto a un hombre que parecía tener unos noventa años, muy elegante con su traje de sirsaca y una pajarita. Robles dejó a la perrita en el suelo y Sally, excitada y soltando gemidos, corrió hacia Daniela y trató de saltar sobre su regazo. Daniela pareció sobresaltarse y el anciano que estaba a su lado extendió su delgada mano para repeler a la perrita.

—Venga, venga —dijo él—. ¡Bájate!

Robles dio un beso a Daniela en la cabeza. Una larga cicatriz rosada le recorría el nacimiento del pelo.

—Hola.

—Hola, cariño —respondió Robles—. Te he traído un poco de baklava de la señora Katichis. Y aquí tienes a Sally. ¡Está muy contenta de verte!

—Le presento a mi novio —repuso Daniela—. Este es...

—Horace —dijo el anciano. Quizá estaba poco seguro de dónde se encontraba en ese momento, pero mostraba buenos modales por naturaleza—. Soy Horace.

—¿Has dicho «novio»? —preguntó Robles.

—Sí. Horace, este es un muy buen amigo mío.

—Soy Terry Robles, Horace. El marido de la señora Robles.

—Señor Robles, ¿no? Encantado de conocerle, señor Robles.

—¿Sabe, Horace? Necesito tener una conversación privada con la señora Robles. ¿Nos disculpa?

La enfermera los miraba. Se acercó a por Horace. Horace no se iba a marchar hasta que Daniela dijera que tenía que hacerlo.

—¿Daniela?

—Estoy bien, Horace. No tardaremos mucho.

La enfermera ayudó a Horace a ponerse de pie y fueron hacia el invernadero. Sally no paraba de dar saltos delante de Daniela, colocándole las patas sobre las rodillas. Ella apartó levemente a la perrita con la mano. Robles cogió a Sally y la dejó en el banco entre los dos.

—¿Qué pasa con Horace?

—Horace es un caballero y amigo mío. Te conozco, ¿verdad? Estoy segura de que somos amigos.

—Sí, Daniela. ¿Cómo estás? ¿Estás contenta? ¿Duermes bien?

—Sí. Estoy muy contenta. Refréscame la memoria, ¿trabajas aquí?

—No, Daniela. Soy tu marido. Me alegra saber que estás contenta. Y te quiero. Esta es tu perrita, Sally. Ella también te quiere.

—Señor... Señor, gracias por sus buenos deseos, pero me temo que... —La mirada de Daniela se perdió en la distancia.

Él conocía muy bien su rostro. Quería librarse de él. Había visto antes esa expresión, en reuniones sociales, pero nunca había sido por él.

A Robles se le humedecieron los ojos. Se puso de pie y se inclinó para besarla en la mejilla. Ella giró rápidamente la cabeza, como haría en una fiesta para evitar un beso.

—Creo que es hora de que entre —dijo ella—. Adiós, señor...

—Robles —respondió él—. Terry Robles.

Estaba en el despacho de Joanna con la perra bajo el brazo.

—Un par de fragmentos están comenzando a salirle por la espalda —dijo Joanna—. La hemos tenido durmiendo sobre un colchón de piel de oveja. Los análisis de sangre son buenos. ¿Qué tal estás tú? La terapia, el rango de movimiento articular, ¿cómo va?

—Estoy bien. ¿Quién es ese Horace?

—Horace es completamente inofensivo. En todos los sentidos que se te puedan ocurrir. Lo metemos en la cama a las ocho y media. Lleva veinte años aquí. Nunca se ha portado mal. Ella no sabe lo que dice, no más que cualquier bebé...

Robles levantó la mano. Ella se quedó mirándolo.

—Terry, ella está contenta. La situación no le resulta muy molesta. ¿Sabes quién la sufre? Tú. ¿Sabemos algo ya? ¿Quién...?

Durante un momento, él dejó de oírla, atrapado en el instante en el que Daniela le reconoció por última vez: *Están en la cama. Ella está sentada a horcajadas sobre él. Unos faros de coche iluminan la persiana de la ventana. Un estallido de disparos de arma automática hace pedazos la ventana, destroza la lámpara de la mesilla y una bala se introduce en la cabeza de Daniela. Cae hacia delante, chocando su cabeza con la de Robles mientras él se lanza de lado para hacer que los dos caigan sobre el suelo. Él le mira la cara ensangrentada sujeta contra la suya. Coge una pistola de la mesilla. A través de la ventana destrozada, ve unas luces traseras que desaparecen. Se da cuenta de que a él también le han alcanzado.*

Joanna le miraba fijamente a la cara.

—No quería remover tus recuerdos —dijo.

—No —contestó Robles—. El despreciable pedazo de..., pedazo de escoria que hizo esto acababa de salir después de seis años de condena en Raiford, donde yo lo envié por asalto con arma mortal. Sale, un criminal convicto con historial de violencia, se hace con un rifle de asalto y dispara contra mi casa. Tardamos tres días en encontrarlo y nunca recuperamos el arma. ¿Dónde la consiguió? ¿Qué hizo con ella? Ahora cumple cadena perpetua. Necesito encontrar a la persona que le proporcionó el arma.

Joanna le acompañó a la puerta de salida.

Bajo los árboles, el predicador hablaba a los animales reunidos ante él y a su único parroquiano humano.

—… los hombres pueden ver que ellos mismos son animales —dijo el predicador—. Porque lo que sucede a los hijos de los hombres, sucede a las bestias; al igual que uno muere, también muere el otro; sí, todos tienen una misma respiración; todos vienen del polvo y todos regresan de nuevo al polvo.

Joanna cerró la verja al salir Terry Robles y Sally bajo los últimos rayos naranjas del día. La perrita, mirando hacia atrás por encima del hombro de Robles en dirección al lugar donde había visto por última vez a Daniela, soltó un pequeño gemido mientras él la llevaba al coche.

18

La recepción del edificio de la oficina del forense del condado de Miami-Dade tiene un sistema de vídeo para que los muertos puedan ser identificados a distancia. El suelo está enmoquetado para amortiguar las caídas en caso de que los dolientes se desmayen ante lo que ven.

El laboratorio tras la puerta doble es de última generación, con puertas herméticas, depuradores electrónicos de aire para los olores y suficientes cámaras frigoríficas como para albergar a los pasajeros y la tripulación del avión más grande. Las mesas para las autopsias son gris Kodak para realzar las fotografías.

La doctora Holly Bing estaba aleccionando a una pequeña clase de futuros médicos forenses de la otra parte del país y de Canadá. Se encontraban reunidos alrededor del cuerpo decapitado de un hombre que llevaba puestas unas aletas de buceo. El sujeto estaba en posición anatómica y enfriado a un grado centígrado de temperatura.

La doctora Bing llevaba un delantal de laboratorio sobre su ropa negra, con los pantalones remetidos dentro de unas botas militares de cordones. Es americana de origen asiático, de unos treinta y tantos años. Tiene un rostro atractivo y no mucha paciencia.

—Aquí tenéis a un hombre blanco de origen latino, de buena forma física y veintitantos años —explicó la doctora Bing—. Apareció ayer por la tarde flotando junto al barco de fiestas de chicas en topless junto a Haulover Beach. La Patrulla Marítima recibió la llamada de socorro. El cadáver está bastante fresco pero muy maltratado, como podéis ver. Tiene una cicatriz por una apendectomía en el cuadrante inferior derecho y un tatuaje en el antebrazo izquierdo, un globo terráqueo del Cuerpo de Marines de Estados Unidos y un ancla con las palabras «*Semper Fidelis*». La fecha de la muerte es reciente, quizá de hace dos días, pero tiene mordiscos de cangrejos y camarones. ¿Cuál es uno de los factores que se necesitan saber para determinar la fecha de la muerte? —No esperó respuesta—. La temperatura del agua de Haulover, ¿verdad? Veintinueve grados centígrados. Luego hablaremos de cómo calcular los grados-días bajo el agua. Le faltan los dedos, como podéis apreciar. Media alrededor de un metro setenta y ocho cuando estaba completo.

—¿Con qué le cortaron la cabeza, doctora Bing? —La pregunta la hizo un joven de rostro aniñado que estaba junto al cuello del cadáver.

—¿Ves donde la sierra pasó por el centro de la tercera vértebra cervical? —preguntó la doctora Bing—. El número de dientes se corresponde con los de una sierra de sable, seis por pulgada, lo habitual. Las sierras de sable están ganando popularidad en los descuartizamientos en Estados Unidos. Ocupan el segundo lugar, por delante de la motosierra y por detrás del machete. En este caso, se le subió a una mesa o un mostrador o a la plataforma trasera de una ranchera, con la cabeza colgando hacia delante. Estaba muerto cuando le cortaron la cabeza y los dedos. ¿Cómo se sabe eso? Mirad los resultados del laboratorio: los niveles de serotonina e histamina no son elevados en esas heridas. Lo mismo pasa con las perforaciones abdominales, hechas para evitar que se llenara de gas y saliera a flote demasiado pronto. ¿Veis la diferencia en las amputaciones de los dedos? Le cortaron un dedo con la sierra de sable y los demás se los arrancaron con una podadera al modo tradicional. Tiene una herida de disparo en el muslo, se lo ha atravesado por completo, y he sacado una bala que estaba alojada en la pelvis.

»¿Causa de la muerte? —preguntó la doctora Bing—. No es la decapitación. No, la causa de la muerte es una herida punzante en el tórax que le atraviesa del todo. Entrada por el escapular izquierdo, atravesó el corazón y salió justo por el interior del pezón izquierdo.

—La doctora Bing tocó el pecho junto a un agujero de salida alargado con dos pequeños agujeros a su lado. Sus uñas se veían rojas por debajo de los guantes al apretar el pecho junto a los agujeros azules—. ¿Alguien quiere decirme qué ha provocado esto? ¿Nadie?

—¿Punteado? —propuso un alumno.

—No —contestó la doctora Bing—. Os he dicho que se trata de una herida de salida. Detective Robles, ¿qué diría usted que ha provocado este agujero y estos dos más pequeños?

—Una flecha. Quizá una ballesta. Una flecha de pesca submarina.

—¿Por qué?

—Porque la flecha lo atravesó y, cuando el cable se tensó y tiró de la flecha hacia atrás, esta se giró un poco y las lengüetas se le hundieron en el pecho. Podría tratarse de una punta ancha extensible. Estaría bien preguntar en las tiendas de buceo.

—Gracias. Clase, este es el detective Terry Robles, de la brigada de homicidios de Miami-Dade. Él ya ha visto esto antes, junto con cualquier otra cosa que una persona le pueda hacer a otra.

—¿Tienen la flecha? —preguntó el joven que estaba en el extremo de la mesa.

—No —contestó Holly Bing—. ¿Y qué nos dice eso sobre el contexto?

Como ninguno de los alumnos respondió, miró a Robles.

—Tuvieron tiempo de sacarla —respondió Robles.

—Sí, el asesino dispuso de tiempo y privacidad para sacarla. Por la forma de la herida de entrada, yo diría que no tiraron de ella. Probablemente desenroscaron la cabeza de la flecha del asta y le sacaron el asta de la espalda. Necesitaron de ciertas condiciones de privacidad para hacer eso.

La doctora Bing mandó a la clase a la cafetería durante el descanso. Ella y Robles se quedaron en el laboratorio.

—He enviado el ADN al FBI pero van a tardar unos días —dijo Holly Bing—. Dios, se puede esperar un mes a un examen forense en caso de violación. La bala puede tener una correspondencia de nueve puntos: un calibre 223 con velocidad de giro de uno a nueve diestro, sesenta y seis granos, quizá un AR-15 para población civil. Es una bala de cola de bote, quizá subsónica.

—Le has dejado puestas las aletas.

—Sí, pero he mirado debajo de ellas antes de que entrara la clase.

Holly le quitó una aleta. La planta del pie tenía un tatuaje: «GS 0+».

—Su grupo sanguíneo —observó Robles.

Holly le quitó la otra aleta.

—He pensado que querrías ver esto antes de que se sepa por ahí —dijo. En la planta del pie había un tatuaje, una campana colgada de un anzuelo.

—Terry, ¿por qué iba a tener el tatuaje debajo del pie? Si no es visible no le protege en la cárcel. No como un tatuaje en el cuello.

—Este viene bien para sacarle el dinero de la fianza a algún usurero —dijo Robles—. O hacerte con los servicios de un abogado, de algunos abogados. Abogados que pasan mucho tiempo merodeando por la cárcel. Ese tatuaje es de las Diez Campanas. Gracias, Holly.

19

Anochecer en el varadero del río Miami. Las palmeras se inclinaban y susurraban con el viento. Pasó un pequeño carguero con remolcadores a proa y popa tirando como terriers para hacer los giros.

El capitán Marco y dos de sus hombres permanecían con el viejo Benito ante la puerta abierta del incinerador. Había en su interior un gran fuego ardiendo. La luz de la hoguera y las sombras daban saltos alrededor del oscuro varadero. Ignacio, el segundo de a bordo, llevaba una camiseta de tirantes manchada.

—Ignacio, ponte la camisa —le ordenó el capitán Marco.

Ignacio se metió un polo por la cabeza. En la parte interna del bíceps llevaba el tatuaje de una campana colgada de un anzuelo. Ignacio besó la medalla de san Dimas que pendía de su cuello.

En medio de las llamas, entre grandes y dentudos cráneos de pescado, la cabeza de Antonio los miraba. Aún llevaba la máscara de buceo, con los ojos fijos mientras la goma se derretía alrededor del cristal. Le faltaba el pendiente de la cruz gótica negra, arrancado del lóbulo de la oreja.

Cari Mora salió de las sombras y se colocó junto a Benito.

Llevaba una rama de jazmín naranja. Se colocó donde estaban los hombres y miró al incinerador sin pestañear. Metió la rama de jazmín en el fuego para tapar parcialmente la cara destrozada de Antonio.

Benito echó acelerante al fuego. De la chimenea salieron despedidas chispas y llamas.

El fuego proyectaba un color rojo en sus rostros.

El capitán Marco tenía los ojos húmedos. Su voz sonó con firmeza:

—Glorioso san Dimas, patrón de los ladrones penitentes, que acompañaste a Cristo en su tortura. Vigila ahora que nuestro hermano llega sano y salvo al cielo.

Benito cerró la puerta del incinerador. Había mucha más oscuridad sin la luz del fuego. Cari miró la tierra apisonada del varadero. Era igual que la tierra que había visto en otro lugar, antes de llegar a los Estados Unidos de América.

—¿Necesitas algo? —preguntó Marco a Cari.

—Una caja de Smith & Wesson de calibre 40 estaría bien —respondió.

—Tienes que hacer algo con esa pistola —dijo Marco—. Tírala.

—No.

—Entonces, cámbiamela por otra —propuso Marco—. Benito, ¿su sobrino podría modificar el cañón y la parte frontal del cerrojo?

—Mejor el extractor y el percutor también —contestó Benito. Extendió la mano para coger la pistola.

—Te la devolveremos, Cari —dijo Marco—. Tienes que colaborar, lo sabes. Yo soy el jefe aquí.

«Jefe, igual que lo era Antonio. Yo debería haberle cubierto desde debajo del muelle».

Marco seguía hablando con ella.

—¿Estaban tus huellas en los casquillos? ¿Cargaste tú las balas?

—No.

—¿Dejaste los casquillos allí?

—Sí. —Le dio el arma a Benito.

—Gracias, Cari. —Marco le trajo otra Sig Sauer de la oficina del varadero y una caja de cartuchos. La pistola era de calibre 357. No estaba mal.

Marco se acercó para hablarle al oído.

—Cari, ¿quieres trabajar con nosotros?

Cari negó con la cabeza.

—No me volverán a ver.

Desde la oscuridad, un silbido de aviso. El capitán Marco y los demás se pusieron en alerta.

El agente Terry Robles salió del coche. Podía ver las chispas que salían del incinerador elevándose por encima del varadero. Entró en el varadero entre altas pilas de trampas para cangrejos. Un agudo silbido en el viento y el punto rojo de un láser apareció en la delantera de su camisa. Robles se detuvo. Levantó la cartera con la identificación, abierta para que se viera su placa.

Una voz desde la oscuridad:

—¡Alto! Deténgase.

—Terry Robles, Departamento de Policía de Miami. Aparte el láser de mí. Apártelo ahora mismo.

El capitán Marco levantó la mano y el punto del láser desapareció del pecho de Robles y parpadeó sobre la placa que sostenía sobre su cabeza.

El capitán Marco se dirigió a Robles en el pasillo entre las trampas apiladas.

—¿No les obligan a devolver la placa cuando están de baja? —preguntó Marco.

—No —contestó Robles—. La conservas, igual que el tatuaje de las Diez Campanas.

—La verdad es que me alegro de verlo —dijo Marco—. No, alegrarme es una palabra demasiado fuerte, perdone mi poco dominio del idioma. «No lamento» verlo. Al menos, todavía no. ¿Quiere tomar algo?

—Sí —respondió Robles.

Bajo el techado, el capitán Marco sirvió dos chupitos de ron. No se molestaron en ponerle lima.

Robles solo podía ver al capitán Marco, pero intuía a los demás en la oscuridad. Robles sintió un hormigueo entre los omoplatos.

—Tengo un cadáver con un tatuaje de las Diez Campanas. Quizá sepa usted quién es —dijo Robles.

El capitán Marco extendió las manos. Otro carguero pasó deslizándose por el río con remolcadores en la popa y la proa. El zumbido de los motores les hizo tener que levantar la voz.

—Un hombre joven latino, de veintitantos años —explicó Robles—. En buena forma. Llevaba aletas de buceo. No tenemos la cabeza ni los dedos. El tatuaje está en la parte inferior de su pie. Y también su grupo sanguíneo, escrito como «GS 0+».

—¿Cómo murió?

—Una flecha de una ballesta o similar le atravesó el corazón. Murió rápido, si es que eso le preocupa. No fue en un interrogatorio. Murió antes de que le cortaran los dedos.

Robles no podía interpretar nada en el rostro de Marco.

—Una de las balas que tenía dentro se corresponde con otra que sacaron en mi casa —dijo Robles.

—Ah, eso.

—Eso —repitió Robles.

Una polilla volaba alrededor de la bombilla desnuda y su sombra pasó por encima de los dos.

—Quiero que sepa usted una cosa —dijo Marco—. Por el alma de mi madre le aseguro que no conocíamos al hombre que disparó contra su casa. Yo no dispararía contra su casa igual que usted no lo haría contra la mía. Todos lamentamos mucho lo que le ha pasado a su señora.

—Mucha gente dispararía contra una casa. Y también contra un joven con aletas. ¿Echa de menos a alguno de sus chicos?

Un golpe sordo desde el interior del incinerador, donde se estaba cociendo el cerebro de Antonio. Un remolino de chispas salió por la chimenea.

—Mis hombres están bien —contestó Marco.

—Quiero al que disparó contra el chico y quiero el arma. Y quiero saber de dónde salió esa arma. Usted y yo estamos de buenas ahora. Si averiguo que lo sabe y no me lo ha contado, dejaremos de estarlo.

—Usted sabe que llevo mucho tiempo siendo legal. Pero vi a alguien importante en un encuentro familiar, una Primera Comunión en Cartagena hace un mes.

—Don Ernesto.

—Digamos que era una persona importante.

—¿Sabe él de dónde salió el arma?

—No, y quiere decírselo a usted a la cara. Si esa persona viene alguna vez a Miami, ¿tendría un encuentro con él cara a cara? —preguntó Marco.

—Cara a cara. Cuando quiera y donde quiera. —Robles asintió como agradecimiento por la copa y se alejó por el oscuro pasillo entre las pilas de trampas y cajones. La punta del láser se movía por el suelo detrás de él.

—Eso será alrededor del martes que viene, creo yo —se dijo Marco.

Una bocanada del incinerador. La cabeza de Antonio explotó y un anillo de humo con resplandecientes chispas salió elevándose desde la chimenea como un halo siniestro.

Marco esperaba que la policía no identificara pronto a Antonio porque, entonces, los polis empezarían a seguir la ruta de las piscinas de sus clientes.

20

El tercer día de ausencia de Antonio en el trabajo, y con su camioneta en paradero desconocido, la empresa de mantenimiento de piscinas denunció la desaparición. Hacía solo dos horas del lanzamiento de una alerta de búsqueda de su camioneta cuando la encontraron en el centro comercial.

Una compañera de trabajo, que sostenía una bolsa de hielo contra su garganta, miró el vídeo de la forense e identificó los tatuajes de Antonio.

Cuando Hans-Peter Schneider vio la identidad de Antonio en las noticias, supo que tenían poco tiempo. La policía estaría investigando la lista de clientes de Antonio.

Hans-Peter llevaba dos días vigilando y a la espera. Pasó el tiempo sustituyendo a los hombres que había perdido. Sin contar a Félix, había perdido a dos. Solo le quedaba Mateo.

Hans-Peter prefería tener en sus equipos una mezcla de etnias e idiomas. Creía que así sería menos probable que sus hombres conspiraran contra él.

Fue a un prostíbulo y sex shop junto a la Interestatal 95, en busca de Finn Carter, un ratero al que se le daban bien las herramientas y que había trabajado antes con él. Finn Carter se sobresaltó un poco al ver a Hans-Peter, pero acababa de salir tras pasar cinco años en el Correccional de la Unión de Raiford y estaba abierto a cualquier propuesta. El otro era Flaco Núñez, un mecánico de coches y operario de desguace de Immokalee con dos condenas por violencia doméstica. Flaco había trabajado como gorila en los bares de Hans-Peter antes de que el Departamento de Sanidad los clausurara.

Cuando vio que la policía no acudía a la casa de Escobar, Hans-Peter continuó con el trabajo.

Carter estaba taladrando con Flaco.

Hans-Peter Schneider vigilaba desde las escaleras del sótano. Llevaba el pendiente con la cruz gótica negra de Antonio y pensaba que le daba un cierto toque.

No contó nada a sus nuevos empleados sobre la posibilidad de que hubiese explosivos. Jesús podía estar mintiendo, ¿quién sabía?

No es posible tener un sótano subterráneo en Miami Beach, pues el nivel freático es muy alto. Un sótano de verdad o bien se llena de agua o hace que la casa salga flotando. Para mantenerse por encima del oleaje de las mareas en medio de un huracán, la casa de Escobar se había elevado sobre unos pilotes, al igual que el patio. Y lo habían rodeado todo con tierra añadida. Así que la habitación del sótano, aunque estaba rodeada de tierra, quedaba suficientemente alta para no inundarse, excepto con grandes mareas.

Carter y Flaco habían quitado el cemento del muro del sótano hasta dejar a la vista la cara del cubo de acero que daba al interior. Había una puerta de cámara acorazada acoplada en el cubo y todo el frontal estaba pintado con la imagen vívida y a tamaño real de Nuestra Señora de la Caridad del Cobre, patrona de Cuba y de los marineros. No había disco ni cerradura en la puerta de la caja, solo un pequeño picaporte que no giraba.

Carter metió un trozo de cobalto del ocho por ciento en su pesado taladro eléctrico y cubrió la punta con óxido negro. Para tener 220 voltios tuvieron que bajar el cable por las escaleras desde detrás de los fogones de la cocina.

Carter se persignó antes de apretar el taladro contra el pecho de la imagen y apretó el activador. Ruido y solo un pequeño rizo de metal.

Hans-Peter se quedó pensativo. Hizo una mueca al oír el sonido del taladro. Sus párpados sin pestañas a medio cerrar. Oyó en su mente la voz de Jesús Villarreal: «La Señora tiene un temperamento explosivo».

Tuvo que gritar para que Carter parara. Salió al jardín para hacer una llamada de teléfono. Esperó tres minutos hasta que respondieron. Hans-Peter oyó el soplido del respirador antes de la débil voz de Jesús Villarreal desde Barranquilla, Colombia.

—Jesús, ya va siendo hora de que te ganes el dinero que te envié —dijo Schneider.

—Señor Schneider, ya va siendo hora de que me envíe el resto de la plata que me he ganado —respondió Jesús.

—Ya he llegado a la puerta de la cámara.

—Hasta la cual lo he guiado yo.

—No hay disco de apertura, solo un picaporte pequeño. ¿Tengo que abrirlo?

Un jadeo y una pausa y la débil voz volvió a oírse.

—Está cerrado.

—¿Lo fuerzo para abrirlo?

—No, si quiere seguir en este mundo.

—Entonces, aconséjame, mi viejo y buen amigo Jesús.

—La llegada de la plata servirá para estimularme la memoria.

—Hay peligros por todas partes y tenemos poco tiempo —dijo Schneider—. Quieres que tu familia quede a salvo. Yo quiero proteger a mis hombres. Lo que es un peligro para uno lo es para el otro. ¿Tu mente está lo suficientemente clara como para entenderlo?

—Mi mente tiene la claridad suficiente para contar plata. Es una cuestión muy sencilla: pague lo que me dijo que pagaría y hágalo ya. —Jesús tuvo que parar para soltar varios jadeos y aspirar oxígeno—. Puede que haya otros más generosos. Mientras tanto, no voy a molestar a Nuestra Señora de la Caridad del Cobre, señor Schneider, mi buen amigo. —La comunicación se cortó.

Schneider metió la mano por detrás de la cocina y desenchufó el cable del gran taladro. Bajó las escaleras para hablar con sus hombres:

—Tenemos que esperar o sacarlo de una pieza. Tenemos que llevarlo a algún sitio donde podamos manipularlo. Es un bloque grande de acero, Carter. Necesitamos un lugar con privacidad.

Las noticias de la televisión del mediodía repitieron la identidad de Antonio y pusieron en la pantalla el número de la policía para colaboración ciudadana.

Schneider llamó a Clyde Hopper en Fort Lauderdale. Hopper se dedicaba a la construcción naval y tenía una lucrativa actividad complementaria destruyendo casas históricas para promotores inmobiliarios de Miami.

Resulta especialmente difícil obtener permisos de demolición de casas históricas en Miami y Miami Beach. Un promotor inmobiliario puede tener que esperar varias semanas o meses por un permiso para cortar los viejos robles de una finca y tirar abajo una casa histórica.

La máquina demoledora Hitachi de Clyde Hopper podía reducir una casa a un montón de escombros en pocas horas un domingo cuando el inspector de obras estuviera en su casa con su esposa y sus hijos.

La máquina tenía un paquete de bolsas de basura junto al asiento del conductor para nidos, polluelos y todo tipo de moradas de animales que cayeran con un árbol.

Cuando se descubría una destrucción, la sociedad histórica se quejaba y al contratista se le imponía una multa de ciento veinticinco mil dólares, lo cual se consideraba una minucia en comparación con el coste de tener que esperar un permiso, con los bancos apostados en el tejado como buitres.

Pero eran el cabrestante y la grúa de cincuenta toneladas de Hopper montadas en una barcaza lo que Hans-Peter quería. Mencionó una cifra a Clyde Hopper. Después, mencionó una segunda cifra y se fijó una reunión.

—Vamos a sacarlo el domingo, de día —les dijo Schneider a sus hombres, que sudaban en el sótano con sus camisetas de tirantes.

21

Barranquilla, Colombia

Un taxi se acercaba a la abarrotada acera de la puerta de la clínica Ángeles de la Misericordia. Un vendedor ambulante con una carretilla discutió brevemente con el taxista por el aparcamiento, pero, cuando vio a una monja en el asiento trasero del taxi, el vendedor se persignó y se apartó.

En medio del olor a desinfectante del pabellón de la planta baja, un sacerdote cerró las cortinas que rodeaban a un hombre esquelético y empezó con el ritual de la unción de enfermos. Una mosca se elevó desde una astillada vasija esmaltada y trató de aterrizar sobre el óleo consagrado. El sacerdote vio pasar el hábito de una hermana y la llamó para que la ahu-yentara. Ella no respondió y siguió su camino a la vez que repartía caramelitos a los niños que se encontra-ba por el camino, negándoles la fruta que llevaba en su rebosante cesta.

Entró con la cesta en una de las habitaciones pri-vadas que había al fondo del pabellón.

Jesús Villarreal yacía en la cama. Se alegró de ver a una mujer y se apartó la mascarilla de oxígeno para mos-trarle su sonrisa.

—Gracias, hermana —dijo Jesús con una voz dé-bil—. ¿Trae la cesta alguna tarjeta? ¿Un sobre, una iden-tificación de DHL?

La monja sonrió, sacó un sobre de debajo de su toca y se lo puso en la mano. Señaló hacia el cielo. Fue a su lado y apartó algunas cosas de la mesita de noche pa-ra dejar la cesta de fruta donde él pudiera llegar con la mano. Olía a perfume y humo de tabaco. A Jesús le hacía gracia la idea de que una monja fumara a escondi-das. Ella dio unas palmadas sobre la mano de Jesús e inclinó la cabeza para rezar. Jesús besó la medalla de san Dimas que tenía prendida en su almohada.

—Dios se lo pague —dijo. El sobre contenía un giro postal de dos mil dólares.

Delante del hospital, se detuvo el Range Rover ne-gro de don Ernesto. El guardaespaldas Isidro Gómez bajó del asiento delantero del pasajero y abrió la puerta de atrás para que don Ernesto saliera.

El conductor del taxi que estaba detrás de ellos abrió el tabloide *La Libertad* y lo sostuvo en alto para ocultar su rostro.

Dentro del pabellón, los pacientes reconocieron de inmediato a don Ernesto y gritaron su nombre cuando él pasó entre ellos con Gómez.

La monja se marchaba repartiendo caramelos. Miró a don Ernesto desde debajo de su toca y sonrió al suelo al pasar por su lado.

Don Ernesto llamó a la puerta abierta de la habitación de Jesús.

—Bienvenido —susurró Jesús a través de su mascarilla de oxígeno. Se la apartó para hablar—. Es un honor recibirlo sin que antes me manoseen.

—Le va a encantar lo que tengo que contarle —dijo don Ernesto—. ¿Está listo para oírlo?

Jesús hizo un pequeño gesto de asentimiento con su mano marchita.

—Me muero de la curiosidad. Al menos, creo que esa es la razón.

Don Ernesto se sacó del bolsillo unos papeles y una fotografía.

—Puedo darle a su mujer y su hijo la casa de esta foto. Lupita se la ha enseñado a la señora y a su hermana. No quiero ser irrespetuoso, pero su cuñada es extremadamente crítica y no tiene pelos en la lengua, Jesús.

—No puede usted imaginarse —respondió Jesús—. Nunca ha sabido apreciar la clase de hombre que soy.

—Aun así, no ha podido evitar quedarse muy impresionada por la casa. Y su señora se ha enamorado del lugar. Le parece mucho más maravillosa y bonita que la de su severa hermana. Su mujer ha llevado la escritura al juez. Tiene una nota del juez en la que verifica la validez de la escritura. Además, le voy a proporcionar cierta cantidad de plata, suficiente para que su esposa y su hijo puedan mantener esta casa para siempre. La plata ya está en una cuenta de depósito. Aquí tiene el recibo del banco. A cambio, quiero que usted me lo cuente todo: lo que llevó a Miami para Pablo y cómo puedo acceder a ello.

—El método es complejo.

—Jesús, no tense la cuerda. Schneider ha encontrado el cubo. Usted no puede venderme su localización porque ya la conozco. Ya se la ha vendido a Schneider.

—Lo que le quiero decir es que, si no se abre como es debido, usted va a oír las consecuencias desde varios kilómetros de distancia. Necesito que se garantice...

—¿Confía en su abogado?

—¿Que si confío en mi abogado? —preguntó Jesús—. Claro que no. ¡Qué pregunta!

—Pero sí es usted del tipo de hombre que confía en su mujer —dijo don Ernesto. Dio un toque a la puerta y la mujer y el hijo de Jesús entraron en la habitación. También entró la cuñada de Jesús con su aspecto severo, acechando como una garza, y miró con gesto de desaprobación a los dos hombres y también a la habitación e incluso a la fruta, que creyó que estaba encerada—. Los dejo para que puedan hablar —añadió don Ernesto.

Don Ernesto, asistido por Gómez y su chófer, casi se había fumado un cigarro entero en la escalera de entrada del hospital antes de que la mujer de Jesús, su hermana y el niño salieran del edificio. Don Ernesto saludó a las damas tocándose el sombrero. Estrechó la mano del niño. Gómez les ayudó a subir al coche que los esperaba.

Junto a la acera seguía el taxi, con su conductor escondido tras el periódico. Gómez se acercó al taxi y apartó el periódico con el dedo índice para mirar al conductor. Observó el asiento trasero, donde estaba sentada una monja. La saludó con un toque en el sombrero. El taxista escuchaba una triste bachata de Monchy y Alexandra. El taxista podía oler el aroma de Gómez, una mezcla de colonia buena y lubricante Tri-flow para pistolas. Permaneció sentado e inmóvil hasta que Gómez se alejó.

Don Ernesto volvió a entrar en el hospital con Gómez.

En el taxi, la monja encendió un cigarro y sacó un teléfono móvil.

—Ponme con el señor Schneider. ¡Rápido!

Esperó unos cinco segundos. La señal del teléfono no era buena.

—Hola —dijo—. Nuestro amigo ha vuelto a entrar en el hospital. Está ahora con el bocazas.

—Gracias, Paloma —contestó Hans-Peter Schneider—. Tengo que decirte que Karla no sirvió. No, quédate el dinero y envíame a otra. Una rusa me vale.

Dentro del pabellón, un paciente apoyado en una muleta tiró de la manga de don Ernesto mientras este regresaba a la habitación de Jesús. Gómez habría apartado a ese hombre, pero Ernesto le contuvo:

—No pasa nada.

El hombre tenía lágrimas en los ojos y le contó sus problemas entre balbuceos. Trató de enseñarle a don Ernesto su herida de la espalda.

—Dale plata —le ordenó a Gómez.

—Dios se lo pague —repuso el enfermo a la vez que trataba de besar la mano de don Ernesto.

En su habitación, Jesús miraba la cesta de fruta con poco apetito. Ocupaba la mayor parte de su mesilla. Se oía una melodía procedente de la cesta. El toque de corneta mexicano «A degüello». Jesús trató de mirar dentro de la cesta, pero sus tubos se lo impedían y parte de la fruta salió rodando por el suelo. Por fin, rebuscando en el interior, encontró el teléfono móvil en el fondo.

—Dígame.

La voz de Hans-Peter Schneider:

—Jesús, has tenido una visita. ¿Le has contado algo? ¿Le has dicho algo de lo que me contaste a mí a cambio de mi dinero?

—Nada, lo juro. Envíeme el resto de la plata, no solo esta miseria, señor Hans-Pedro. Puedo salvarle la vida a usted y a sus hombres con lo que le voy a contar.

—Me llamo Hans-Peter, no Hans-Pedro. Para ti, señor Schneider o patrón. Para ti, Su Eminencia. ¡YA HE PAGADO! Dime cómo abrirla.

—Necesita un diagrama, Su Eminencia Reverendísima. He dibujado lo que necesita saber. Incluya un sobre con franqueo pagado con el resto del dinero y envíelo por DHL. Esperaré hasta pasado mañana, Su Beatitud.

A mil setecientos kilómetros de distancia, se levantaron las pestañas sin pelo de Schneider y los ojos se le salieron de las órbitas.

—Don Ernesto está ahora ahí contigo, ¿verdad? Os estáis riendo juntos. Deja que hable con él, pásale el teléfono —dijo Schneider. Tenía una mota de espuma en la comisura de la boca. Estaba marcando un número en otro teléfono.

—No, estoy solo, como lo estamos todos —respondió Jesús—. Envíeme el dinero, pendejo malparido, maldita pepa pelona, o avíseme cuando las pelotas le salgan volando más allá de Marte.

La explosión del teléfono hizo estallar la cabeza de Jesús por toda la habitación y tiró la puerta, que cayó al interior del pabellón. Don Ernesto tenía la mano en el picaporte de la puerta cuando se abrió de repente y la metralla le provocó un corte por encima del ojo.

Don Ernesto se adentró en el humo. El cuerpo seguía dando sacudidas y expulsando sangre. Un trozo del cráneo se había clavado en el techo y cayó en ese momento sobre don Ernesto. Se lo apartó con un dedo. Parecía apenado pero calmado. Una gota de sangre le caía por la mejilla como una lágrima. Buscó por la mesita de noche pero no encontró nada.

—Dios se lo pague —dijo.

22

La Academia de Baile Alfredo de Barranquilla, Colombia, está en una calle llena de bares y cafeterías. En la entrada se ve la imagen de una pareja bailando un tango, aunque la enseñanza del tango no forma parte de su verdadero programa.

La academia es el actual cuartel general de la escuela de las Diez Campanas de carteristas, robos y atracos. La escuela recibe su nombre de la prueba de colgar diez campanillas en la ropa de una víctima ficticia para enseñar a sustraer una cartera con delicadeza. Los bolsillos a veces llevan también anzuelos o una cuchilla para aumentar la dificultad del robo.

El estudio que está en la segunda planta tiene una gran sala de baile. A media mañana, una agradable brisa entraba por las altas ventanas junto a los sonidos de la calle de abajo.

Una esquina de la sala de baile estaba dispuesta como una cafetería de aeropuerto, con una zona de auto-servicio, mesas altas y un mostrador con condimentos. Una docena de adolescentes y jóvenes de poco más de veinte años se encontraban en la amplia sala vestidos con ropa de calle. Los alumnos provenían de seis países diferentes de Europa y América.

El instructor tenía unos cuarenta años. Llevaba unas zapatillas Puma y tenía las gafas sobre la cabeza. Se consideraba a sí mismo un coreógrafo y eso parecía cuando se ponía una camisa sobre sus tatuajes carcelarios. Su fotografía figuraba en los tablones de anuncios de las comisarías de los aeropuertos de ciudades de todo el mundo.

Los distintos equipos practicaban hurtos en la zona de condimentos. El instructor les hablaba:

—En estos casos tienen que preparar la trampa con antelación y observar cómo entra el objetivo en la cafetería, para así saber en qué mano lleva lo que quieren quitarle. Digamos que se trata de un computador metido en su funda en la mano izquierda. Fijen la atención en él. Mano izquierda. Deben mancharlo con la mostaza o la mayonesa por detrás del hombro derecho de modo que solo pueda llegar hasta ella con la mano izquierda. Y, señoras, cuando al pasar le señalen la mancha de mostaza deben ponerle de inmediato unas servilletas en la mano derecha que tiene libre, de forma que no pueda cambiarse el maletín de una mano a otra antes de limpiarse el hombro. Tendrá que dejar su carga. Debe dejarla en el suelo y girar la cabeza hacia el hombro manchado, hacia el lado contrario del maletín. Colóquenle un poco la teta sobre el brazo mientras le ayudan. Un sujetador de aros de tejido rígido ayudará a transmitir mejor la sensación a través de la tela de un traje. En ese momento, su pareja realiza el robo. Les sorprendería saber cuánta gente mancha el hombro que no es o reacciona tarde con las servilletas. Y los que lo hacen mal están sentados en una habitación pequeña y sin ventanas del aeropuerto, esperando a un agente de fianzas y muriéndose por ir a mear. Muy bien, allá vamos. Vincent y Carlita, les toca. ¡A sus puestos! Bien, ya tenemos el objetivo. ¡Vamos! —El director se colocó la mano sobre la boca y habló por la nariz—. Vuelo ochenta y ocho con destino a Houston embarque por la puerta 11. Vuelo de conexión con Laredo, Midland, El Paso.

En su despacho al otro lado de la sala de baile, don Ernesto Ibarra podía oír las voces de excitación, los pies corriendo, los gritos para desviar la atención. Carlita apuntando en la otra dirección mientras gritaba: «¡Ha ido por allí! ¡Yo lo he visto!».

En su función de director de la escuela de las Diez Campanas y su programa de posgrado en actos delictivos, don Ernesto estaba escribiendo una complicada carta a los padres del fallecido Antonio a la que adjuntaba un cheque. Pensaba que el cheque, aunque generoso, les podría parecer ofensivo. Eso esperaba. Así, los padres podrían mostrarse enfadados con él mientras lo gastaban y se ahorraría las condolencias verbales.

Tras un toque en la puerta del despacho, la secretaria de don Ernesto entró con un teléfono de prepago. Lo llevaba envuelto en una servilleta y don Ernesto lo cogió también con ella.

—Va a sonar dentro de cinco minutos. Es una persona a la que usted conoce —dijo.

En el Tour de Rêve del ajetreado Mercado de Hierro de Puerto Príncipe, tienen a la venta muchas bicicletas viejas. La mayoría se obtienen en Miami por la noche. Todas ellas han sido reparadas y tienen, al menos, una garantía de un mes. Ese mismo día, el propietario, Jean-Christophe, había cerrado la gran cadena que amarraba los modelos en exposición de la entrada y se había ido con su ordenador portátil al cibercafé, donde envió un correo electrónico a Barranquilla. Decía:

«Señor, ¿podría enviarme un número al que llamarlo?».

La respuesta llegó en pocos minutos: «+57 JK5 1795».

En la Academia de Baile Alfredo en Barranquilla, el teléfono que don Ernesto tenía en la mano empezó a sonar y vibrar.

—Soy Jean-Christophe, señor.

—¡*Bonjour*, Jean-Christophe! ¿Cómo va el grupo de música?

—¿Lo recuerda? Tocamos en el Oloffson si hay suerte, las noches en las que Boogaloo actúa fuera de la ciudad.

—¿Cuándo se publica su DVD?

—Aún no está terminado, gracias por preguntar, don Ernesto. Necesitamos más tiempo en el estudio. Don Ernesto, le llamo por el tipo de Miami que me envía las bicicletas. Ha recibido una llamada con voz gutural desde Paraguay. Una persona sin pelo. Esta persona solicitaba ayuda en nuestro puerto de Gonaïves.

—¿Qué tipo de ayuda, Jean-Christophe?

—Transbordar algo muy pesado desde Miami. A escondidas. Necesita traspasarlo de un barco a un pesquero de arrastre en Gonaïves. He pensado que le podría interesar saberlo. ¿Le suena quién puede ser esa persona?

—Sí.

—El pequeño buque de carga *Jezi Leve* sale de Miami en una semana. A mí me van a traer en él un montón de bicicletas. Mi amigo de las bicicletas me llamará después de una reunión en el barco mañana por la noche. ¿Quiere que le dé este teléfono?

—Será lo mejor, Jean-Christophe. Dile a tu amigo de Miami que podría ponerse un pañuelo en el cuello. Un naranja llamativo estaría bien. ¿Por qué no le das a mi secretaria tu número de cuenta? Gracias y mucha suerte con la música.

Un toque en la puerta de su despacho. Era Paolo, el asistente de don Ernesto, un hombre taciturno de treinta y tantos años con pronunciadas entradas.

Don Ernesto levantó las cejas para hacer una pregunta y sintió una punzada por los puntos que tenía sobre una de ellas.

—Paolo, ¿a quién tenemos ahora en el sur de Florida? En este momento.

—Hay un buen equipo trabajando en la feria de joyería de Tampa. Víctor, Cholo, Paco y Candy.

Don Ernesto examinó los papeles que tenía sobre su mesa. Se golpeó los dientes con su nota de condolencias.

—¿Víctor y su equipo están acostumbrados a ensuciarse las manos? —preguntó sin levantar los ojos.

Paolo respondió al momento.

—No les falta experiencia.

En el varadero de Miami, el capitán Marco respondía al teléfono.

—Hola, Marco.

—¡Don Ernesto! Muy buenas, señor.

—Marco, ¿cuánto tiempo llevas sin ir a la iglesia?

—No lo recuerdo, patrón.

—Entonces, ha llegado el momento de ocuparte de tu vida espiritual. Ve a misa mañana por la tarde. Hay un bonito sitio en Boca. Ve a la misa de las seis. Llévate a tus ayudantes a rezar por Antonio. Siéntense delante, donde todos les puedan ver. Háganse fotografías en la iglesia.

—La verdad es que algunos de ellos, no voy a decir quiénes, no pueden tomar la comunión.

—Entonces, deja que se escabullan o que se queden con la mirada agachada durante la comunión. Después, cuando termine ese momento tan vergonzoso, vayan a un buen restaurante a una hora al norte de Miami. Devuelvan un plato a la cocina para cabrearlos y, luego, dejen una propina tan grande que les puedan recordar. Y, Marco, averigua qué está haciendo tu amigo Favorito.

23

La furgoneta salió de Tampa después de la hora punta de la mañana y se dirigió hacia el este por Alligator Alley en dirección a Miami.

La mujer, Candy, iba en la parte de atrás. Tenía treinta y cinco años y era atractiva, con aspecto de haber recorrido muchos kilómetros. Los otros tres eran hombres, de unos treinta y tantos años: Víctor, Cholo y Paco, todos impecablemente vestidos.

El corredor de joyería al que habían estado engañando tendría que esperar.

—Lo cazaremos en Los Ángeles —dijo Víctor.

—Ahora que sabemos lo que le gusta —añadió Paco, observando con ansia cómo Candy se aplicaba bálsamo en los labios.

Candy le miró con desagrado y volvió a guardar con cuidado el bálsamo en el bolsillo para el teléfono de su bolso, para que no tocara el seguro de su pistola.

El guardamuebles del oeste de Miami era un edificio enorme, verde claro y sin ventanas.

Para Paco, que intentaba escribir canciones, era como un matadero.

—El guardamuebles —dijo—, el matadero de los sueños.

Candy esperó al volante de la furgoneta mientras Víctor, Paco y Cholo entraban. Como el hombre con el que se reunían no les dijo su nombre, Víctor decidió:

—Te llamaré «compadre».

Le enseñó al hombre una moneda que tenía en la mano. El compadre los llevó por un oscuro pasillo con puertas a ambos lados. El aire olía a zapatos podridos y sábanas viejas, a colchas amontonadas y sucias. El olor de planes que no han salido bien: muebles salvados tras un divorcio, una sillita de niño para el coche... Paco sintió un pequeño escalofrío.

Los cubículos de almacenamiento tenían techos descubiertos tapados con pesadas mallas de alambre, como habitaciones de albergues para vagabundos. El compadre se detuvo delante de una puerta y miró a Víctor hasta que este sacó dos fajos de billetes enrollados.

—Mitad y mitad, compadre. Enséñame algo —dijo Víctor, y le entregó la mitad del dinero.

Este compartimento del almacén contenía un piano de media cola, un bar portátil y un armario cerrado de construcción más pesada. El compadre levantó el asiento de la banqueta del piano y cogió una llave entre las páginas de partituras.

—Vigilad el pasillo —le dijo a Paco.

—Despejado —respondió Paco.

El compadre abrió el armario y sacó dos metralletas MAC-10, un fusil de asalto AK-47 y otro AR-15.

—¿Fuego selectivo? ¿Modo automático? —preguntó Víctor.

El compadre le dio el AR-15 con el automatizador de disparo que lo convertía en ametralladora.

—¿Todas ellas son de inocencia garantizada? ¿Sin pasado e imposibles de rastrear? —preguntó Víctor.

—Puedes apostarte el cuello a que sí.

—No, apuéstatelo tú.

El compadre guardó las armas en la funda de un acordeón junto con cargadores con munición y silenciadores. Metió una escopeta recortada en la funda de un saxofón bajo.

Víctor miró a Paco.

—Por fin un instrumento que sabes tocar.

Por la tarde, fueron de compras al Centro Comercial de las Américas y Candy se tiñó el pelo.

24

Como le dictaba su larga experiencia con el dolor, Cari se mantenía ocupada.

El día después de que quemaran la cabeza de Antonio tenía que asistir a un trabajo con su prima Julieta, ofrecer el servicio de comida en un barco turístico desde la Estación de Aves Marinas de Pelican Harbor hasta la colonia de aves de Bird Key, una de sus fuentes de ingresos mensuales. ¿Qué darle a la gente del barco? Pinchos que no gotearan.

Empanadas, bocadillitos, chorizo en palillos. Medios aguacates llenos de ceviche si el presupuesto lo permitía. Les daban licores dulces, ron y vodka, y cerveza.

Habían probado con costillitas, pero el goteo de la salsa barbacoa había dejado todo el barco pegajoso y tuvieron que fregarlo. No podían encender un fuego en el barco, pero el puerto les dejaba usar unas parrillas donde calentaban las empanadas y cocinaban al vapor los *dumplings* en el esterilizador de la clínica.

El barco turístico era grande, una embarcación abierta con techo de lona y una cabina para el retrete junto al timón. Contaba con cuarenta salvavidas. Bancos en paralelo a las barandillas.

Treinta personas, muchas de ellas habitantes de Miami con acompañantes aburridos a los que tenían que entretener, se habían apuntado al trayecto y esperaban sacarle partido al dinero que pagaban. El objetivo de la excursión era incitar a ayudar a la Estación de Aves Marinas, cuya existencia dependía de los donativos. La habitual ruta del barco rodeaba la colonia natural de aves de Bird Key y, después, cuando oscurecía, subían un poco por el río Miami entre los rascacielos que formaban la espectacular silueta de la ciudad por la noche. Esa noche, harían una pausa para ver los fuegos artificiales de Bayfront Park.

La doctora Lilibet Blanco, veterinaria y directora de la Estación de Aves Marinas de Pelican Harbor, era la anfitriona de la velada. Había llegado a Estados Unidos desde Cuba, sola, con siete años y gracias a la Operación Pedro Pan.

La doctora Blanco dejaba a menudo que Cari la ayudara con los animales. Esa noche, la doctora tenía un aspecto diferente con su traje pantalón negro y sus perlas.

Su marido iba con ella. Era copropietario de un frontón de jai alai.

La doctora Blanco pronunció unas palabras de bienvenida cuando el crucero soltó amarras.

El barco pasó resoplando bajo la carretera elevada de la calle Setenta y nueve y se dirigió al sur, hacia Bird Key, un conjunto de dos islas cubiertas de vegetación, una natural y la otra de vertidos, que ocupaban alrededor de una hectárea y media. Bird Key es una propiedad privada y no cuenta con financiación estatal para su mantenimiento.

Los pájaros estaban de regreso a casa: ibis, garcetas, pelícanos, águilas pescadoras y garzas que se arremolinaban, las blancas garcetas y los ibis brillantes bajo el sol sobre el cielo del este que se iba oscureciendo.

En cada excursión, la estación trataba de llevar a cabo una liberación, devolviendo a la naturaleza a un ave rehabilitada para ilustrar el contenido de su misión y fomentar las donaciones. Esa noche llevaban a bordo una enorme garza nocturna adolescente dentro de un trasportín de animales envuelto en una toalla para que el ave estuviese a oscuras y lo más tranquila posible.

El enorme polluelo había salido volando de su nido durante el huracán Irma y se había dislocado una pata. Tras hidratarle, curarle la articulación y limpiarle las alas en la estación, el ave estaba lista para marcharse.

El capitán acercó el barco todo lo que pudo a Bird Key por las aguas poco profundas.

Un famoso hombre del tiempo de televisión, grabado por su equipo, dio una breve charla sobre el medio ambiente. Estaba en la barandilla, con Cari sujetando el trasportín y manteniéndose fuera de plano. Cari quitó la toalla y abrió el contenedor. El ave estaba de espaldas a la puerta y lo único que todos pudieron ver fue su cola. El hombre del tiempo no sabía bien qué hacer.

—Muévale las plumas de la cola y se dará la vuelta —dijo Cari.

El enorme polluelo seguía teniendo pelusa por el cuerpo. Al notar que le tocaban la cola, se dio la vuelta de inmediato y sacó la cabeza por la puerta, vio a las demás garzas nocturnas dando vueltas por encima de Bird Key y salió volando como un cohete para ir con ellas.

El espíritu de Cari se elevó con la garza nocturna y ese alivio duró hasta que no pudo distinguir al ave de las demás que planeaban por encima de la isla.

El barco empezó a rodear la pequeña colonia de la isla antes de dirigirse hacia el sur para ver los fuegos artificiales del parque.

Varios de los pasajeros llevaban prismáticos. Uno de ellos hablaba con el capitán y apuntaba con una empanada.

Cari dejó una bandeja de bocadillitos y el capitán le ofreció sus prismáticos.

Un águila pescadora de la isla estaba colgada boca abajo, enganchada a un líder de pesca, el cable enmarañado alrededor de la rama de un árbol, con un pez secándose aún prendido al anzuelo junto al ave suspendida. El águila agitó un ala débilmente. Tenía el pico abierto, su negra lengua asomando. Sus enormes garras se movían a tientas en el aire.

Los pasajeros se amontonaban en la barandilla.

—¡Fijaos en las garras de esa hija de puta!

—Mira, le estaba robando un pez a alguien.

—Pues ya no va a robar más.

—¿Podemos hacer algo?

El agua era demasiado poco profunda como para que el barco se pudiera acercar más. Estaban a cincuenta metros de la roja espesura del manglar que bordeaba la isla, lo suficientemente cerca como para ver el revoltijo de basura y maleza que cubría el suelo entre los árboles.

La basura tenía para Bird Key sus ventajas y sus inconvenientes. Mantenía alejados de la colonia a los excursionistas, pero, a veces, se quedaban animales enganchados a los desechos.

A través de los prismáticos, Cari miró al ave, atada, con sus ojos feroces mirando hacia arriba, sus enormes garras aferrándose al cielo. Por encima, varias aves daban vueltas. Una luminosa fila de ibis empezó su descenso para aterrizar en los árboles a pasar la noche.

Cari estaba sobrecogida por la visión del ave amarrada. Amarrada. *Los niños en el agua, atados. Solo podían apretar los lados de sus cabezas, con los brazos amarrados*

por la espalda. Solo podían apretar los lados de sus cabe-
zas cuando se oyó el chasquido al quitar los seguros de
los rifles, antes de la desordenada descarga. Muertos y
flotando, alejándose por el agua con una estela de sangre
a su alrededor.

—Voy a por ella —le dijo al capitán—. Si se queda usted aquí, yo iré a por el ave.

Él miró su reloj.

—Tenemos que estar allí para los fuegos artificiales. Puede venir alguien de la estación en la lancha.

—En la estación no hay nadie —repuso Cari—. Tendrá que ser mañana.

A veces, venían voluntarios a la isla para desenredar a las aves, pero no había ningún horario definido. Algunos sentirían miedo de la feroz águila.

—Cari, tienes trabajo en el barco.

—Puede dejarme y recogerme a la vuelta, capitán. Julieta puede encargarse de la comida.

El capitán vio en su rostro que iba a hacerlo de todos modos. No quería ponerla en la situación de desobedecerle porque eso implicaría que ella perdería el trabajo. Por detrás de Cari, el capitán pudo ver que la doctora Blanco le miraba. La doctora asintió.

—Hazlo lo más deprisa que puedas —dijo él—. Si tardas más de veinte minutos llamaré a la Patrulla Marítima para que se ocupen de ti.

El agua estaba bastante limpia, había poco más de un metro de profundidad junto al barco. En el fondo ondulado de arena, la hierba se movía con la suave corriente.

El capitán abrió la pequeña caja de herramientas del barco.

—Coge lo que necesites.

Cari cogió unos alicates y cinta aislante. Y, afortunadamente, había unos guantes dentro que usaban para ocuparse del motor cuando estaba caliente. Había un pequeño botiquín, sin mucho en su interior: un rollo de gasa, un rollo de vendas, unas tiritas y un tubo de pomada antibiótica.

Metió las herramientas y el botiquín en una nevera junto a una toalla del bolso de playa de un pasajero. Cari se quitó el delantal y se puso un chaleco salvavidas. Se dejó el calzado puesto y saltó al agua de espaldas. Estaba a veinticuatro grados, pero daba sensación de frío al empapar la ropa. Apoyó los pies en el fondo, con la hierba haciéndole cosquillas. El barco parecía más alto a su lado, moviéndose arriba y abajo.

El capitán le pasó la nevera, con la tapa atada con una cuerda.

Desde el nivel del agua, los mangles llenos de patas parecían también más altos, sobresaliendo del agua salada hacia el interior de la isla.

El lecho de Bahía Vizcaína es estriado, lleno de canales como zanjas en el fondo surcados por el tráfico de los barcos, y Cari tuvo que nadar a través de uno empujando la nevera, moviendo los pies con fuerza, contenta de llevar unas zapatillas de cordones.

De nuevo, aguas poco profundas. Arrastró la nevera por detrás de ella y, después, tuvo que levantarla, moviéndose de lado para buscar la forma de subir a la isla a través de los enredados mangles.

Ya estaba bajo los árboles, sin saber bien dónde se encontraba el ave. Miró hacia el barco y el capitán señaló con la mano hacia el sur. No era fácil. El suelo estaba cubierto de basura: neveras, bombonas de combustible, cables de pesca enredados, una sillita de bebé, el asiento de un coche, cojines cubiertos de sal, un neumático de bicicleta, un colchón de cama individual. Buena parte de ella la componían restos de las mareas, algas y desechos, vertidos desde el Little River, que desembocaba en la bahía.

Mientras caminaba por el agua hacia los desechos y las algas, le parecía como si fuera su vida, o casi como su vida: no vio ningún miembro humano entre los detritos.

El ave estaba colgando de una rama como a metro y medio por encima del suelo, con las patas enredadas en un líder resistente de fluorocarbono, dando vueltas despacio, boca abajo, moviendo un ala débilmente, tratando de aferrarse al cielo con las garras. Tenía el pico abierto, su pequeña lengua negra sobresalía del lavanda claro de su boca. El pez estaba arrugado, con los ojos hundidos. Llevaba varios días muerto y Cari pudo olerlo al colocarse debajo.

Se acercó todo lo que pudo al ave sin que esta lograra alcanzarla con el pico. Amontonó con los pies algunas hojas y ramitas bajo el pájaro y extendió la toalla de playa por encima de ellas.

Extendió el brazo por encima del pájaro y, con una mano, sostuvo el líder y envolvió con él dos dedos mientras trataba de cortarlo por debajo de la rama con el cortaalambres de los alicates. El cortaalambres solo retorció el fuerte líder de nailon sin conseguir cortarlo. Sacó la navaja y abrió la hoja con el pulgar sin mirarla. Su navaja estaba muy afilada.

La parte dentada de la hoja serró el líder y el ave, aunque solo pesaba poco más de un kilo, quedó colgando pesadamente de su mano, vibrando al mover una de las alas, rozándole las piernas mientras ella lo bajaba a la toalla y lo enrollaba en ella sin apretarlo, sus garras clavadas en el tejido.

Oyó un piar estridente cuando lo metió en la nevera con la tapa entreabierta. Levantaba los pies a través de los matorrales, sosteniendo la nevera sobre la cabeza para poder ver dónde pisaba mientras vadeaba entre la basura de vuelta al agua. Después, dejó que la nevera flotara delante de ella en el agua, manteniéndola boca arriba mientras avanzaba.

Una raya, cuyo descanso sobre el fondo quedó interrumpido, se alejó aleteando. Una manada de marsopas pasó por su lado y pudo oírlas respirar por encima de los gritos que procedían del barco. Julieta estaba ahora en el agua, nadando en su dirección, y un turista alemán, al ver a las dos jóvenes en el agua, se quitó los pantalones en un ataque de amabilidad y saltó al agua en paños menores para ayudarlas. Era suficientemente alto como para dejar la nevera sobre la borda del barco.

Entre tímidos aplausos, colocaron al ave sobre la barra.

La doctora Blanco las observaba. Cari miró a la veterinaria.

—¿Qué vas a hacer ahora, Cari? —preguntó la doctora Blanco—. Supón que yo no estoy aquí. —Dio un pequeño codazo a su marido.

—Está muy deshidratada, doctora —contestó Cari—. Yo la hidrataría, le inmovilizaría el ala y la mantendría abrigada y a oscuras hasta que volviéramos a la estación.

—Adelante. —La doctora Blanco tomó asiento donde pudiera verla.

Tocando por encima de la toalla, Cari agarró bien al ave, con sus patas entre los dedos de una mano, y ella y Julieta vendaron el ala herida enrollando la gasa en forma de ocho para inmovilizarla. Mientras el barco avanzaba hacia el sur, Cari intubó al pájaro con una pajita lubricada del bar, tras buscar la abertura del esófago y deslizando la pajita hacia abajo.

—¿No le está haciendo daño? —preguntó un pasajero.

Cari no respondió. Se puso las gafas de otra persona y vertió agua desde su boca a la pajita, con el aliento del pájaro, caliente y oliendo a pescado, soplando sobre su cara, el anillo amarillo de su ojo volviéndose enorme al estar tan cerca del ojo de ella.

Ataron el pájaro al trasportín que habían usado para la garza nocturna rehabilitada y cubrieron la puerta con un paño.

—No puedo sentir lástima por él como la sentiría por un cachorro o algo así. Es decir..., estos pájaros matan cosas —dijo un pasajero.

—¿Lo que está comiendo usted es una alita de pollo? —preguntó la doctora Blanco. Fue en busca de Cari, que estaba limpiando la barra y tratando de ahuyentar a su asistente alemán, que estaba ansioso por ayudar también con la barra y todo lo demás que ella le permitiera hacer para ayudarla.

—Cari, ven a verme el lunes. Tengo una cosa para ti —dijo la doctora Blanco—. Mi marido dice que, ya que está pagando a un montón de abogados, van a ver qué pueden hacer respecto a tus papeles, si es que pueden hacer algo. Así es como hablan ellos: si es que pueden. Dice que, para respaldar la alegación de temor fundado para tu Estatus de Protección Temporal, tendrán que sacarte unas fotografías de los brazos.

Cuando Cari se dio cuenta de que el equipo de televisión la estaba grabando, apartó la cara de la cámara y se negó a que la entrevistaran.

Hans-Peter reconoció las cicatrices de los brazos de Cari en las noticias de la noche. No veía por qué iba a necesitar los dos. Era mejor una bonita asimetría. Abrió su carpeta y empezó a dibujar.

25

El carguero haitiano *Jezi Leve* esperaba en un muelle seis kilómetros más arriba en el río Miami. El vigilante del barco que estaba en la cubierta pudo ver el arco del tren elevado con su arcoíris de neón por encima del río. Tenía a su lado unas revistas pornográficas y una pistola de cañón corto pero legal. El cañón era de 45 centímetros de largo, medido desde la parte frontal del cerrojo. Tenía un pañuelo naranja atado al cuello. Era un hombre meticuloso y, para prepararse para su tarea, había almorzado dos aguacates enteros.

Flaco, el hombre de Hans-Peter, estaba junto al vigilante, armado con un AR-15 y una pistola en el cinturón.

A medida que caía la noche, vieron cómo las luces subían y bajaban por el río.

Flaco podía oír la débil melodía de los restaurantes que había a lo lejos. Sonaba «Travesuras», de Nicky Jam. Seguro que estaban bailando, las tetas de las muchachas saltando al compás, primero una y luego la otra. Eso era lo que sonaba en el Club Chica cuando bailó con la joven con un pájaro azulejo tatuado en el pecho y salieron al coche para meterse un par de rayas y empezaron a besarse y... ¡hala! Flaco deseaba estar cenando con alguna tía buena en un restaurante junto al agua en lugar de estar ahí sentado con ese vigilante hijo de puta que se tiraba pedos cada dos por tres.

Bajo la cubierta, en la desvencijada cámara de oficiales del *Jezi Leve*, Hans-Peter Schneider hablaba con Clyde Hopper, de Fort Lauderdale, y el segundo oficial del barco, un joven haitiano con charreteras en la camisa. El segundo oficial mandó llamar a Tommy el Bosun, encargado de los aparejos de elevación del barco. A Tommy le gustaba que le llamaran Tommy el Bosun, en lugar de contramaestre, por su significado en patois jamaicano. Significaba «Tommy el Empalmado».

El capitán estaba en tierra, inocente. Mateo, uno de los hombres de Hans-Peter, se encontraba al pie de la escalerilla con una pistola del calibre 12.

—¿Dónde está Félix? —quiso saber Hopper.

—A su hijo le van a quitar las amígdalas —respondió Schneider—. La mujer quería que fuese con ella al hospital.

Schneider tenía los planos del patio de Escobar extendidos sobre la mesa junto con unas fotografías del agujero bajo el rompeolas que había sacado de la cámara de Antonio.

Hopper tenía fotografías de su equipo.

—Aquí está la pala elevadora de demolición con el accesorio de cizalla hidráulica en el remolque. No es necesario darle la vuelta para usar la grúa. Tenemos un cabrestante hidráulico de cincuenta toneladas. Lo sacaremos.

—Durante una marea.

—Lo haremos todo durante una marea. ¿Seguro que no quieres que simplemente lo depositemos en un barco?

—Quiero que hagáis exactamente lo que os he dicho. Ponedlo en el remolque pequeño. Envolvedlo con red de carga. Traedlo aquí.

Schneider miró al oficial del barco.

—Ten listo el equipo para la elevación. Enséñame dónde lo vas a poner.

Volvieron con el contramaestre a la bodega del barco.

—Ahí dentro —respondió el joven oficial—. Baja por la escotilla principal a la bodega y lo tapamos con bicicletas. En cubierta, tapamos la escotilla con otro montón de bicicletas.

Fuera, en el puente de mando del barco, el vigilante vio una camioneta de comida ambulante que subía por la carretera del río. Su claxon sonaba con la melodía de «La cucaracha».

El vigilante se puso la mano en el estómago. Soltó una nube de gas de aguacate.

—Voy a plantar un pino —dijo—. Ahora vengo. —Dejó a Flaco solo en el puente con sus destrozadas ensoñaciones románticas, moviendo la mano por delante de su nariz.

Candy condujo la camioneta ambulante hasta el muelle. Aparcó y salió.

Candy llevaba unos pantalones cortos muy cortos y una blusa atada al vientre. Estaba guapa.

Llamó a Flaco, que estaba en el puente del barco.

—Hola, traigo aquí empanadas calientes.

—Y que lo digas —se dijo él para sí mismo.

—A dólar cincuenta con una Presidente fría. ¿Hay alguien más dentro? Seguro que querrán. Un dólar cincuenta. Podrías invitarme a mí también a una.

Candy esperó un momento, se encogió de hombros y se dispuso a volver al interior de la camioneta.

—¿Cómo es eso de comprarte cerveza a ti misma? —Flaco iba bajando por la rampa de desembarco.

—Con tu plata, espero —respondió Candy. Pudo verle la forma de la pistola bajo la camisa. Se había dejado el rifle en el puente.

Abrió la puerta posterior de la camioneta de comida. Estaba medio vacía. Había dos cajas térmicas con empanadas calientes y cerveza fría, un gran arcón de hielo y un grill de butano.

Abrió la botella de cerveza Presidente y se la dio a Flaco.

—¿Quieres sentarte en el banco? Ahora traigo las empanadas.

Candy se echó el bolso al hombro y cogió la comida.

Se sentaron en un banco del muelle, de espaldas al barco.

Candy le dio una palmada a Flaco en el muslo.

—Están bastante buenas, ¿verdad?

Flaco masticaba.

—Tu claxon suena con «La cucaracha». Es gracioso —dijo con la boca llena. Le costaba tragar con la cabeza girada para mirarle por debajo de la blusa.

Detrás de ellos, Víctor, Cholo y Paco subieron a escondidas por la rampa hasta el barco.

—Eres muy guapa —dijo Flaco—. ¿Qué otras cosas vendes? Podríamos meternos en la camioneta.

Candy esperó a que pasara un barco. Miró a un lado y otro del río por si había alguno más, pero no vio ninguno.

—Primero te invito a una raya y, después, te pago cien —dijo Flaco. Le enseñó un billete de cien dólares.

Candy apretó el botón de encendido de su llave y las luces de la camioneta parpadearon.

El sonido de dos MAC-10 estallando en el barco, destellos de luz en los ojos de buey.

Candy disparó a Flaco con la mano dentro del bolso, alcanzándole dos veces en las costillas. Le apretó la pistola por debajo del brazo y disparó dos veces más.

Le miró a la cara y vio que estaba muerto. Se metió los cien dólares en el bolsillo. Candy tiró al río las botellas y la empanada a medio comer del hombre con la servilleta.

Un pez subió a por la empanada de carne. La música de los restaurantes se oía levemente por el río. En medio del silencio, un manatí subió a respirar con su cría.

Dentro del carguero, Hopper, el joven oficial del barco y el contramaestre estaban muertos. No había rastro de Mateo.

Hans-Peter Schneider se encontraba debajo de la mesa con sangre en la cabeza. Víctor le disparó de nuevo, las balas agujerearon la chaqueta y la camisa de Schneider levantando polvo de su cuerpo. Los papeles seguían sobre la mesa. Cholo hurgó a tientas sobre Schneider para buscar su cartera.

—¡Vamos! —dijo Víctor—. ¡Vamos! ¡Mueve el culo!

Víctor y Paco corrieron hacia la escalerilla delantera que subía a la cubierta. Cholo se entretuvo porque quería el reloj de Schneider. Estaba tirando de él cuando Schneider le disparó. Schneider se puso de pie y corrió hacia la escalerilla de la popa. Víctor y Paco le dispararon, las balas sonando estridentes sobre el metal.

En la cubierta, Schneider cayó de espaldas por encima de la barandilla hasta el agua por el lado del barco que daba al río. Víctor y Paco le dispararon mientras se sumergía. Bajaron a la bodega a por Cholo.

Víctor puso la mano sobre el cuello de Cholo.

—Está muerto. Cógele la identificación.

Bajaron corriendo por la rampa hasta el muelle y lanzaron las pistolas ametralladoras en el arcón de hielo.

Mateo huía en el coche de Schneider.

—Los papeles —dijo Candy—. ¿Dónde están los papeles? —Estaba echando los casquillos en el bolso y metiendo otras balas con un cargador rápido.

—Mierda, los papeles. Vamos —contestó Paco.

—Maldita sea. Coge los papeles. ¿Estás seguro de que Cholo está muerto?

—Joder, ¿crees que lo iba a dejar si no? —repuso Víctor.

Candy cerró el cilindro de su revólver.

—Vamos.

De vuelta en la bodega, metieron los planos en el bolso de Candy. Los ojos sin vida de Cholo se estaban secando. No volvieron a mirarle.

En el muelle, Paco corrió a la furgoneta que estaba aparcada en la calle y Candy y Víctor montaron en la camioneta de la comida. Se alejaron con un rugido del motor. Sonaban sirenas a lo lejos.

Los peces que estaban debajo del puente podían notar cómo se aproximaba el tren elevado. El Tri Rail atravesó el río haciendo temblar a los insectos del puente, que cayeron espolvoreados en el agua. Los peces que estaban a la espera los engulleron, formando remolinos en la lisa superficie del río.

26

Candy conducía la camioneta de la comida. Podía ver las luces del aeropuerto, el faro que se movía por encima. Tuvo que hablar en voz alta a Víctor, que iba a su lado, cuando un avión pasó a baja altura por encima de sus cabezas.

—¿Qué dice en el papel? ¿Qué cochera?

—Al otro lado de la terminal D —respondió Víctor—. Justo enfrente de las salidas internacionales. Nuestro vuelo sale en cuarenta minutos.

Se estaban acercando a un paso a nivel. Las luces que lo señalaban se encendieron y empezó a sonar la campanilla de aviso.

—Mierda —protestó Candy. Se detuvo a la vez que un lento tren de carga cruzaba la carretera. Candy giró el retrovisor para mirarse el maquillaje. Su cara explotó cuando un estallido de fuego automático atravesó la cabina desde atrás. Víctor murió de un disparo a su lado. El cuerpo de Candy cayó sobre el volante haciendo sonar el claxon. «La cucaracha» sonaba una y otra vez con la campanilla del cruce y el rugido del tren. Su pie se resbaló del freno y la camioneta empezó a avanzar hacia el lateral del tren en movimiento.

La puerta trasera de la camioneta se abrió. Un ensangrentado Hans-Peter Schneider salió por detrás, con los harapos de su camisa tapando a medias su chaleco antibalas. Llevaba una pistola ametralladora. Se acercaba otro coche, un taxi. El conductor trató de dar la vuelta y salir huyendo, pero Schneider le disparó por la ventanilla lateral y tiró de él hasta dejarlo en el suelo. Subió al asiento del conductor y lanzó una ráfaga de disparos contra el depósito de butano que había en la parte de atrás de la camioneta de la comida. Estalló con un zumbido que hizo que el taxi se sacudiera a la vez que Schneider se alejaba con él.

Schneider bajó la bandera del taxímetro y condujo el taxi entre los murmullos de la radio. Había disparado a través de la ventanilla abierta, pero la del lado del acompañante tenía agujeros. Pudo bajar la ventanilla. El asiento y el volante estaban pegajosos y grumosos llenos de fragmentos de huesos.

Probablemente, el taxi no tendría sistema de localizador antirrobo, pero la empresa de taxis podría ver su ubicación por satélite. Aún no habría saltado la alarma, pero muy pronto emitirían una orden de búsqueda del taxi. Estaba lleno de sangre y mojado y llevaba la camisa destrozada. Empezó a cantar en voz alta con voz nasal mientras conducía. De vez en cuando decía: «*Jawohl!*».

Apareció una parada de autobús. Un anciano estaba sentado en el banco. Llevaba un sombrero de paja de ala corta y una camisa de manga corta con flores y en la mano una bolsa de papel con una caguama de cerveza Corona helada.

Schneider se escondió la pistola entre la pierna y la puerta. Se inclinó por encima del asiento del pasajero.

—Eh. Oiga.

El anciano abrió por fin los ojos.

—Oiga. Le doy cien dólares por esa camisa.

—¿Qué camisa?

—Esa, la que lleva puesta. Venga aquí.

Schneider levantó el dinero en el aire a la vez que se echaba sobre la ventanilla del pasajero. El anciano se puso de pie y se acercó al coche. Cojeaba. Miró a Schneider con sus ojos legañosos.

—Quizá acepte doscientos cincuenta.

Schneider tenía una mota de espuma en la comisura de la boca. Dio la vuelta al MAC-10 para apuntar al anciano.

—¡Deme la camisa o le vuelo los putos sesos! —Se le ocurrió que no podría disparar sin destrozar la camisa.

—Aunque, por otra parte, me valen cien —dijo el anciano. Se quitó la camisa y se la pasó por la ventanilla. Cogió el billete de cien dólares de los dedos de Schneider—. Llevo puestos unos pantalones que quizá le interesen —dijo mientras Schneider se alejaba con el coche. El anciano ocupó su asiento solo con sus pantalones y su camiseta interior y tomó un largo trago de su bolsa de papel.

Schneider llevó el taxi hasta la siguiente estación de metro.

Mateo respondió a la llamada de Schneider.

—He salido disparado en su coche —dijo Mateo—. Lo siento. Pensaba que usted estaba..., ya sabe..., que lo habían eliminado.

Hans-Peter enrolló la pistola en una alfombrilla del taxi y la mantuvo bajo el brazo mientras esperaba a que Mateo fuera a recogerle.

Hans-Peter tenía dos habitaciones de uso privado adyacentes a su estudio de striptease por internet en su almacén de la bahía. Una de las habitaciones tenía papel de pared flocado y mucho velur, todo de color burdeos con mantas de chinchilla.

La otra habitación era la que estaba alicatada e insonorizada con el desagüe en el centro del suelo. Dentro estaba su gran ducha y sauna, toda llena de boquillas por arriba y por abajo, su frigorífico y su máquina de cremación, sus mascarillas y sus bisturís de obsidiana, de seis y de doce milímetros, de ochenta y cuatro dólares cada uno y mucho más afilados que el acero.

Se sentó en el suelo de la ducha vestido y dejó que el agua caliente le limpiara la sangre del cuerpo. Cuando el agua se le metió por debajo del chaleco, se lo quitó y lo lanzó al rincón de la ducha junto a la camisa del anciano.

Se oía música en la habitación. Schneider tenía el mando a distancia dentro de un condón, con el extremo del receptáculo sobresaliendo como si fuese una pequeña antena roma. Lo guardaba en la jabonera. Puso el quinteto «La trucha», de Schubert. Era la música de la casa de sus padres en Paraguay. Solía sonar todos los domingos por la tarde mientras esperaba a que le castigaran.

Bajita, y después más alta, y luego más, la música en la ducha alicatada, Schneider sentado en el suelo, apoyado contra el rincón mientras la ducha le arrancaba la sangre de la ropa. Con un rápido movimiento del brazo, con el cuerpo relajado, levantó hasta los labios su silbato azteca de la muerte y sopló sin parar con todas sus fuerzas por encima de la música, el silbato como diez mil víctimas que gritaban, la música de la coronación de Moctezuma ahogando el quinteto de «La trucha». Sopló hasta desmayarse, con la cara cerca del desagüe, los ojos abiertos, la visión inundada por el agua dando vueltas alrededor del desagüe.

27

Hans-Peter estaba ahora seco y limpio, tumbado en su cama, con la sangre eliminada de la ropa que estaba en el suelo de la ducha.

Buscando un lugar en su mente para dormir, paseó por habitáculos de la memoria cada vez más viejos hasta llegar por fin a la cámara frigorífica de su juventud en Paraguay.

Sus padres estaban en la cámara y podía oír sus voces a través de la puerta. No podían salir porque la puerta de la cámara frigorífica estaba sujeta con una cadena que Hans había atado con un excelente nudo, tal y como su padre le había enseñado que se debía atar una cadena, agitando el nudo hasta que los eslabones quedaban apretados.

Tumbado en su cama de Miami, Hans-Peter prestó voz a las imágenes que invadían el techo. Las voces de su padre y de su madre salieron de su cara, con la mezcla de sus rasgos.

Padre: Está de broma, nos dejará salir. Y, después, le voy a dar una paliza hasta que se cague encima. **Madre, gritando desde detrás de la puerta:** Hans, cariño. Ya está bien de bromas, nos vamos a resfriar y vas a tener que cuidarnos con pañuelos y té. Ja, ja.

La voz de Hans-Peter sonaba ahora amortiguada, con la mano sobre la boca mientras repetía lo que oyó a través de la puerta, súplicas apagadas durante toda la noche, tanto tiempo atrás.

«Glu, glu, glu», dijo Hans, como la manguera que se agitaba desde el tubo de escape del coche hasta el conducto de aire de la cámara frigorífica.

Cuando cuatro noches después abrió la puerta de la cámara, sus padres estaban sentados y no abrazados. Le miraron, sus congelados globos oculares centelleando. Cuando movió el hacha en el aire, se rompieron en pedazos.

Los pedazos dejaron de rebotar; las figuras quedaron inmóviles, como un mural en el techo sobre la cama caliente de Hans-Peter en Miami.

Se dio la vuelta y se durmió como un gato de matadero.

Hans-Peter se despertó completamente a oscuras. Estaba hambriento.

Se dirigió al frigorífico en medio de la oscuridad y abrió la puerta, haciéndose visible de repente en la oscura habitación, blanco y desnudo bajo la luz de la nevera.

Los riñones de Karla estaban sumergidos en hielo en el estante de abajo, rosas y perfectos, teñidos con una solución salina y listos para que se los llevara el traficante de órganos. Hans-Peter iba a darle el par por veinte mil dólares. Podría haberse ofrecido a llevar a Karla a su Ucrania natal y haberle extraído allí los riñones por unos doscientos mil dólares de no haber estado liado con la casa de Escobar.

Hans-Peter odiaba los horarios para comer y las ceremonias de la mesa, pero tenía hambre. Mojó un extremo de un paño de cocina y lo colgó del picaporte del frigorífico. Extendió otro paño en el suelo.

Hans-Peter cogió un pollo asado entero con las dos manos y pronunció la bendición que llevaba en lo más hondo de su corazón, aquella por la que le dieron una paliza por decirla en la mesa familiar:

—Que le den por el culo a esta maldita mierda.

De pie ante la nevera abierta dio un bocado al pollo como si mordiera una manzana, arrancando trozos de carne y devorándolos con sacudidas de la cabeza. Hizo una pausa para imitar a la cacatúa de Cari Mora: «¿Qué carajo, Carmen?». Y siguió dando un mordisco tras otro. Cogió la leche de la nevera, bebió un poco y se derramó el resto por encima de la cabeza, con la leche cayéndole por las piernas y escurriéndose hasta el desagüe.

Se secó la cara y la cabeza con el paño y se colocó debajo de la ducha mientras cantaba:

—*Kraut und Rüben haben mich vertrieben; hätt mein' Mutter Fleisch gekocht, so wär'ich länger blieben.*

Le gustaba tanto que la volvió a cantar, pero ya no en alemán:

—El repollo y los nabos me han echado; si mi madre hubiese hecho carne, me habría quedado.

Sin dejar de cantar, Hans-Peter metió en su esterilizador los bisturís de obsidiana, tan populares en la cirugía estética de Miami. Era cuidadoso con estas delicadas hojas de cristal volcánico. Diez veces más afiladas que una cuchilla, su filo de treinta angstroms podía cortar células por la mitad sin rasgarlas. Podría uno hacerse un corte con ellas y no darse cuenta hasta que la sangre llamara su atención.

De la boca de Hans-Peter salió la voz de Cari Mora: «En Publix tienen buenas chuletas. En Publix tienen buenas chuletas. En Publix tienen buenas chuletas».

Se secó las manos en el paño de cocina mojado.

—Hay puestos ambulantes de comida —dijo con la voz de Cari Mora—. El que más me gusta es Comidas Distinguidas.

Y, de nuevo, el pájaro:

—¿Qué carajo, Carmen?

Cogió su silbato de la muerte y lo hizo sonar una y otra vez en la sala alicatada con el suelo en pendiente hacia el desagüe, su máquina de cremación líquida salpicando por un extremo y otro como si fuese un lento metrónomo.

28

El señor Imran llegó al edificio de Hans-Peter poco después de las once de la noche. Iba sentado en el tercer asiento de una furgoneta. Había un bulto cubierto por una manta en el suelo donde habían quitado el asiento de en medio. El bulto se movió ligeramente cuando la furgoneta se detuvo.

El señor Imran estaba haciendo compras para su jefe, el extremadamente rico señor Gnis de Mauritania, a quien Hans-Peter no había visto nunca.

El conductor se apeó y abrió la puerta corredera lateral para que saliera el señor Imran. El conductor era un hombre grande e imperturbable con una oreja deformada. Hans-Peter se dio cuenta de que el conductor llevaba bajo las mangas en ambos brazos protectores para realizar tiro con arco. Hans-Peter no se acercó mucho a la furgoneta. Tampoco se acercó mucho al señor Imran, pues sabía que podía morder y que no siempre lograba evitarlo.

Hans-Peter tenía un táser en el bolsillo.

Se sentaron en unos bancos en la sala de la ducha de Hans-Peter.

—¿Le importa si fumo con el cigarrillo electrónico? —preguntó el señor Imran.

—No, adelante.

Salió un vapor perfumado cuando el señor Imran lo encendió.

La máquina de cremación líquida se balanceaba suavemente a la vez que borboteaba, cociendo el cuerpo de Karla con sosa cáustica.

Hans-Peter llevaba puestos los pendientes de la chica y un guardapelo que contenía una fotografía del padre de Karla. Fingía que el del guardapelo era su propio padre; el guardapelo estaba lleno de monóxido de carbono.

El señor Imran y Hans-Peter se quedaron mirando la máquina durante un rato sin decir nada, como hombres que estuviesen absortos en algún partido de béisbol. Hans-Peter había añadido un poco de color fluorescente al líquido y en el movimiento hacia arriba de la máquina, apareció Karla, su cráneo y lo que quedaba de su rostro resplandeciendo.

—Es un tono especialmente favorecedor —dijo el señor Imran.

Cruzó la mirada con la de Hans-Peter y cada uno de ellos pensó en lo divertido que sería disolver al otro vivo.

—¿La ha metido viva ahí dentro? —preguntó el señor Imran con tono de confidencia.

—Por desgracia, no. Sufrió una herida mortal mientras trataba de salir huyendo en medio de la noche. Aun estando muertos, es entretenido ver cómo se mueven cuando entran en calor —dijo Hans-Peter.

—¿Cree que podría instalar un aparato como este en el estudio del señor Gnis y hacer una demostración de la máquina con un sujeto consciente?

—Sí.

—Hoy tiene que enseñarme algo.

Hans-Peter entregó al señor Imran una carpeta grande de piel con un dibujo floral en la cubierta. Contenía fotografías de Cari Mora tomadas con un teleobjetivo mientras trabajaba por la casa y el jardín de Escobar, además de un resumen de las sugerencias de Hans-Peter.

—¡Ah! —exclamó el señor Imran—. Sí, el señor Gnis estaba muy entusiasmado con estas fotos y le da las gracias por habérselas enviado. Son extraordinarias. ¿Cómo se hizo esas cicatrices?

—No lo sé. Probablemente se lo cuente ella misma cuando el trabajo esté avanzado. Porque espero que haya trabajo.

—Sí —respondió el señor Imran—. Confío en tener el privilegio de poder ver y oír la conversación. Las conversaciones son lo mejor de todo. —Sonrió. Los dientes del señor Imran están inclinados hacia atrás, como los de una rata, pero su color se parece más al naranja oxidado de los dientes de un castor, con su fuerte concentración de hierro en la dentina. Tenía manchas oscuras en las comisuras de la boca.

—La mayor parte del trabajo se hará en el otro lado, señor Imran, porque después será muy difícil moverla. No es tan sencillo como extraer un riñón en el aeropuerto.

—Para mi señor Gnis, este es un proyecto en el que quiere involucrarse —dijo el señor Imran—. Quiere participar activamente en cada fase. ¿Necesita actualizar sus conocimientos de español?

—No vendría mal. Ella es completamente bilingüe, aunque, en circunstancias extremas, es probable que cambie a su lengua materna. Suele pasar a menudo.

—El señor Gnis quiere contar con los servicios de Karen Keefe para realizar unos tatuajes con el retrato de su madre, Mamá Gnis. Le gustaría que se dibujaran en los emplazamientos del trabajo original cuando ese trabajo haya terminado y cicatrizado.

—Por desgracia, Karen está cumpliendo una pena de prisión y le queda alrededor de un año aún.

—Aun así, podría encajar en el largo periodo del proyecto. El cumpleaños de Mamá Gnis será siempre una vez al año. ¿Podrá viajar Karen después de quedar en libertad?

—Sí, por un delito no te retiran el pasaporte si no tienes ninguna sanción —respondió Hans-Peter.

—El señor Gnis aprecia mucho los sombreados y medios tonos que emplea en los retratos.

—Karen es magnífica —convino Hans-Peter.

—¿Serviría de algo proporcionar a la señorita Keefe fotografías de Mamá Gnis para que los vaya estudiando durante el resto de su encarcelamiento?

—Se lo preguntaré.

—¿Cuándo podrá entregar a esta señorita...?

—Mora —respondió Hans-Peter—. Se llama Cari Mora. Si el señor Gnis envía su barco podríamos coordinarlo. Y puede que quiera enviarle algo más. Pequeño, pero pesado.

—Esa chica va a necesitar un poco de alimentación forzada —dijo el señor Imran—. Podríamos empezarla en el barco. —El señor Imran tomó unas notas en su diario de piel de angula.

La máquina de cremación líquida empezó a tintinear en su movimiento de balanceo, haciendo desaparecer a Karla.

—Lo que oye es un biquini de cota de malla —explicó Hans-Peter—. Empieza a tintinear al darse con los huesos cuando la carne desaparece.

—Nos haremos con uno —dijo el señor Imran—. ¿Son complicados de cambiar de tamaño?

—En absoluto. Viene con unos broches adicionales sin cargo extra.

—¿Puedo ver los riñones?

Hans-Peter sacó los riñones de Karla de la nevera.

El señor Imran tocó el plástico que los cubría con su líquido de hielo y agua.

—Un poco cortos por los uréteres los dos.

—Señor Imran, van en la pelvis a menos de dos centímetros de la vejiga, no suben en la posición renal. Hace años que nadie pone un riñón ahí arriba. Póngase al día sobre esto. Llevan bastante uréter.

El señor Imran se despidió con el par de riñones rosas perfundidos con su baño salino. Tras pensar que el receptor podría vivir con uno y que con dos incisiones nuevas no notaría la diferencia, el señor Imran se comió el otro en el coche.

Levantó las cejas con sorpresa.

—¡A la sal! —exclamó.

29

Oro del Mar es una pequeña fábrica de conservas de pescado de la costa de Barranquilla, Colombia. El Lincoln del 63 de don Ernesto con sus puertas de apertura inversa estaba aparcado con las maltrechas camionetas de los pescadores.

En una mesa de reuniones de la planta de arriba, don Ernesto hablaba con J. B. Clarke, de Houston, Texas, y el director de la fábrica, el señor Valdez. Don Ernesto estaba ayudando con la implantación de la empresa. En la mesa había dos bandejas de caracoles y una botella de vino. Gómez, demasiado grande para su silla, estaba sentado donde podía ver la puerta, abanicándose con el sombrero. Su rol era el de guardaespaldas, pero don Ernesto dejaba que le asesorara.

Clarke era un publicista. Abrió su carpeta.

—Me dice usted que quiere anuncios que sugieran exclusividad y renombre. Palabras como «prestigiosos».

—Caracoles finos y prestigiosos —dijo don Ernesto—. ¿Cabe eso en una etiqueta? ¿O es demasiado largo?

—Cabrá. Yo me encargo. —Clarke sacó unos dibujos de las etiquetas de las latas. En uno de ellos aparecía la Torre Eiffel y la leyenda: «Caracoles Finos» y, en otra, «Fine Escargots» y un motivo francés. Otro tenía un castillo de fondo y en primer plano un caracol en un tallo. En todas las etiquetas decía: «Envasado en Colombia».

—¿Por qué pone «Envasado en Colombia»? ¿Por qué no «Envasado en Francia»? —preguntó Gómez.

—Porque eso es ilegal —contestó Clarke—. Usted los envasa aquí mismo, ¿no? El motivo francés es un recurso para la venta.

—Sí, eso no sería ético, Gómez —añadió don Ernesto.

—Podría usarse la canción hondureña «Sopa de caracol» en los anuncios —sugirió Gómez.

—Eso no es francés —respondió Clarke.

—Las etiquetas llevarán cola animal. ¿Tendremos que lamerlas? —preguntó el director de la fábrica.

—No, señor Valdez. Después de hacer una prueba de mercado compraremos una máquina de etiquetado —contestó don Ernesto—. Usted solo las envasa. Muéstreme las conchas.

Valdez subió una caja a la mesa. Sacó un puñado de conchas de caracol y las colocó en la mesa.

Gómez olió una y arrugó la nariz.

—Huelen a manteca usada y ajo. Los restaurantes no las lavan antes de tirarlas, solo vacían las bandejas.

—Hemos intentado ponerlas a remojo, pero la lejía les borra el color —dijo Valdez.

—Pruebe a echarle detergente Fab con bórax al frescor de limón —propuso Gómez, que era soltero.

Don Ernesto apartó los dibujos.

—Señor Clarke, quiero que ponga algo sencillo y elegante en la etiqueta. Una vela, la mano de una mujer sobre el tallo de una copa de vino. Quiero que exprese... que si sirve estos caracoles de categoría a una dama ella lo verá como el hombre que realmente es.

—Y quizá ella le dé a probar algo dulce en cuanto se termine los caracoles. Lo que quiero decir es «chochito» —aclaró Gómez.

—Sabe lo que quieres decir —dijo don Ernesto—. Y bien, Valdez, ¿cuáles de estos caracoles son los franceses de verdad?

—Los de la bandeja verde.

—Ah, entonces, en una bandeja están los excelentes caracoles franceses y en la otra los que nosotros producimos. Parecen idénticos. Y estoy convencido de que no existe diferencia en la experiencia culinaria. ¿Los probamos? —sugirió don Ernesto.

Todos se mostraron aprensivos.

—Con permiso, don Ernesto, si es posible... —empezó a decir Valdez.

—Por eso hemos traído a Alejandro. Ve a por él, Gómez.

Don Ernesto escogió un caracol francés de la bandeja verde e hizo un gesto de ir a comérselo cuando Gómez regresó con Alejandro, un hombre de unos treinta y cinco años. Alejandro llevaba un sombrero de paja borsalino, un pañuelo anudado al cuello y otro suelto en el bolsillo de la solapa.

Don Ernesto dejó su caracol en la bandeja azul.

—Alejandro es un hombre de mundo y un distinguido gourmet y crítico culinario. Además, señor Clarke, Alejandro tiene amigos en todas las revistas de diseño y decoración.

Alejandro tomó asiento y estrechó la mano de Clarke.

—Don Ernesto es muy amable. Yo solo disfruto de la comida y algunos creen que soy de alta alcurnia.

Don Ernesto le sirvió una copa de vino.

—Aclárese el paladar, amigo. Primero, pruebe el caracol oriundo de la costa sur de la Provenza, en Francia.

Don Ernesto le acercó los caracoles franceses.

Alejandro saboreó uno de ellos en su boca. Dio un sorbo de vino y asintió con vehemencia.

Don Ernesto le ofreció una muestra de su producción.

—Y ahora, los de la Bretaña, también en Francia.

Alejandro lo extrajo del caparazón y empezó a masticar.

—El sabor es similar, don Ernesto, pero los del segundo lote tienen más... textura, y el sabor es un poco más intenso.

Gómez se vio invadido por un ataque de estornudos y tuvo que taparse la cara con el extremo más ancho de su corbata.

—¿Los compraría? —preguntó don Ernesto.

—La verdad es que prefiero la primera muestra, pero, si no pudiera conseguirla, sí, compraría la segunda. El segundo grupo de caracoles ha sido depurado en agua clorada, creo. Hay un ligero regusto de cloro que me resulta muy molesto en el agua de las ciudades. Quizá deba tratar ese asunto con la gente de la Bretaña.

—¿Diría que la textura es sensual? ¿Deberíamos enfatizar lo que los expertos en vinos llaman «sensación en boca»?

—Por supuesto —contestó Alejandro—. La sensación en boca, la textura sensual, el sabor intenso.

—En teoría, esa es la dirección que queremos tomar —dijo Clarke—. Se me ocurre que podría ponerse una cartulina en los estantes de los supermercados. Algo como: «*C'est ci bon...* ¡Llévatelo!».

—Señor Clarke, Alejandro, sírvanse una copa de vino al salir y los veo en los carros.

Gómez les llenó las copas.

—Este vino podría ser más intenso —dijo.

Valdez abrió la llave de la puerta de las salas de trabajo y volvió a cerrarla después de que él, don Ernesto y Gómez la atravesaran.

Don Ernesto le habló al oído:

—Puede que en Gonaïves necesite trasbordar una cosa pesada. Es posible que tus aparejos de cubierta tengan que elevar unos ochocientos kilos. Lo tienes que elevar desde un barco y ponerlo en un camión. Lo llevas a Cabo Haitiano y lo metes en un avión. Vas a necesitar un montacargas en el aeropuerto.

—Un avión grande.

Don Ernesto asintió.

—Un DC-6A.

—¿Tiene buena capacidad de carga en la puerta del cargamento?

—Sí.

—¿Tiene plataforma rodante o necesitaremos una?

—La tiene. El avión irá cargado con lavavajillas y neveras, con un hueco entre ellas donde irá el cargamento especial. Es importante que ocupe ese espacio exacto en la bodega. Quizá pueda avisarte con ocho días de antelación. Es posible que la carga vaya desde un avión hasta el barco, depende.

—A su servicio, don Ernesto. ¿Y los papeles?

—Deja que yo me encargue de la aduana.

Atravesando el otro extremo de la sala había una cadena de producción similar a una planta de procesado de aves. Ratas muertas colgaban de la cola en una cuerda que se iba moviendo. Entre las ratas había alguna que otra zarigüeya. Unas mujeres despellejaban a los animales y los cortaban en filetes. Una máquina de troquelado manual, ornamentada y niquelada, cortaba tres caracoles falsos de cada filete.

—Pagué doce mil euros por esa máquina en París —dijo don Ernesto—. Lleva haciendo caracoles desde la época del cocinero Escoffier. Venía con otra plantilla para troquelar carne de gato sin coste adicional. Hay gente que cree que el gato se parece más al caracol que estos roedores orgánicos.

Don Ernesto cogió un portapapeles para comprobar algo.

Gómez cantaba la melodía de un famoso anuncio de sopas.

—Gato a gatita, ¡ñam, ñam, ñam!

Cuando salían del edificio, Gómez dio a don Ernesto una corbata negra y un brazalete de luto.

—Es más fácil ponérselos aquí que en el carro —dijo.

Dejaron el Lincoln en la fábrica de conservas y se subieron a un SUV blindado que conducía Paolo. Iban al funeral de Jesús Villarreal.

En el coche, don Ernesto recibió dos llamadas discretas; una era de Paco, desde Medellín. Solo Paco había conseguido subir al avión en Miami tras el tiroteo en el río Miami y había vuelto a casa junto a tres asientos vacíos.

¿Hans-Peter Schneider estaba muerto? Paco no lo sabía. Había visto los cadáveres de dos de los hombres de Hans-Peter y de otros dos que pensaba que serían tripulantes del barco.

Don Ernesto habló con él en voz baja y, después, miró por la ventanilla durante un rato sin decir nada. Candy. Pensó en las veces en que él y Candy habían volado juntos entre jadeos en un bonito hotel de la isla de San Andrés.

Don Ernesto llegó al cementerio con media hora de antelación y vio desde los cristales tintados del SUV cómo avanzaba el desfile funerario de Jesús Villarreal. Don Ernesto abrió la nota que había recibido de la viuda de Jesús Villarreal y volvió a leerla:

Estimado señor:
Sería para Jesús un honor que usted pudiese asistir a su funeral. Quizá sea para usted tanto consuelo como el que nos ha dado a nosotros, su familia.

La viuda y su hijo llegaron en un Chrysler, acompañados de un hombre atractivo de mediana edad con su pelo canoso elegantemente peinado.

Gómez inspeccionó a la gente con sus prismáticos.

—El hombre de la chaqueta negra va armado —dijo Gómez—. Funda en la delantera derecha de los pantalones. Espere a que se dé la vuelta. Funda para el hombro en el lateral derecho. Es zurdo. El chófer está junto al maletero del carro. Tiene un arma y el mando a distancia del carro en la mano. Probablemente, un rifle en el maletero. Lleva chaleco bajo el uniforme de chófer. Detrás de ellos están Ognisanti y Cuevas. Patrón, ¿por qué no voy a saludar a la viuda y le llevo una nota de su parte?

—No, Gómez. Paolo, ¿quién es el tipo del pelo gris?

—Es un abogado marica. Diego Riva, de Barranquilla. Defendió a Holland Viera cuando secuestró el bus —contestó Paolo.

Mientras miraban, Diego Riva pasó un sobre de piel negra a la viuda. Ella lo puso detrás de su bolso. Unos treinta dolientes se habían reunido alrededor de la tumba de Jesús Villarreal. No era más que un agujero en medio de las elaboradas tumbas de mármol del cementerio de Barranquilla. Había un bonito ángel de mármol en el cementerio de Cartagena que don Ernesto había pensado ofrecer a la viuda de Villarreal en cuanto pudiese quitar la inscripción esculpida del legítimo dueño.

La señora Villarreal vestía de luto riguroso. Su hijo estaba a su lado, con aspecto solemne, vestido con su traje de confirmación.

Don Ernesto se acercó a ellos. Primero, estrechó la mano del hijo.

—Ahora eres tú el hombre —dijo don Ernesto—. Cuenta conmigo si tú o tu madre necesitan algo.

Miró a la señora.

—Jesús era un hombre admirable en muchos aspectos. Un hombre de palabra. Espero que alguien pueda decir lo mismo de mí.

La señora Villarreal se levantó el velo para mirarle.

—La casa es muy acogedora, don Ernesto. La plata está en su sitio. Gracias. Jesús me ordenó que, cuando esas cosas se cumplieran, yo le debía dar esto. —Le pasó el sobre negro a don Ernesto—: Dijo que usted debía leerlo con mucha atención antes de hacer nada.

—Señora, ¿puedo preguntarle por qué lo tenía Diego Riva? —dijo don Ernesto.

—Él se ocupaba de los asuntos de Jesús. Temíamos que nuestros enemigos nos lo pudieran quitar. Diego Riva lo ha guardado en su caja fuerte. Gracias por todo, don Ernesto. Y una cosa más, don Ernesto. Que Dios se lo pague.

Un Gulfstream IV esperaba en el Aeropuerto Internacional Ernesto Cortissoz. Veinte minutos después del funeral, don Ernesto y sus hombres volaban en dirección a Miami.

Don Ernesto tenía en su bandeja del asiento los papeles de Jesús Villarreal. Los repasó una vez con mucha atención y, después, llamó al capitán Marco, que estaba en Miami.

—¿Sabes si Hans-Peter está muerto?

—No lo sé, patrón. No hemos visto señal alguna de él. No vemos ningún movimiento en la casa. Ni policía.

—Voy a ir. Nos quedaremos con la casa. Quiero averiguar qué está haciendo tu amigo Favorito. ¿Puedes ponerte en contacto con él?

—Sí, patrón.

—¿Tienes a la chica? ¿A Cari? ¿Será de utilidad?

—Sí, pero dice que ella está al margen de todo, patrón.

—Entiendo. Dime qué es lo que quiere, Marco.

30

Iliana Spraggs, especialista de Cuarto Grado del Ejército de Estados Unidos, había conseguido por fin una habitación privada en el Hospital de Miami para veteranos. Estaba en la cama con una pierna escayolada y elevada en un cabestrillo. Era una chica de cuerpo grueso, de piel pálida bajo sus pecas. Su rostro era muy joven, pero tenía un aspecto demacrado y cansado por su grave situación. La pierna le picaba por dentro de la escayola y la tarde se le hacía larga. Sus padres venían desde Iowa con toda la frecuencia que podían.

Tenía un perro de peluche y, sobre el espejo, varias tarjetas con deseos de que se recuperara. Al globo que tenía pegado a la pared con cinta adhesiva hacía tiempo que se le había ido el helio. Colgaba como una teta arrugada. También tenía un reloj de cuco. No funcionaba y todos lo sabían. Pensaba que probablemente el reloj tuviese razón: el tiempo no avanzaba nada.

Su compañero de hospital, Favorito, de treinta y cinco años, de cara alegre y rubicunda, no tenía habitación privada y se las tenía que arreglar en un pabellón, donde algunos marines habían adoptado los papeles del culebrón que se veía sin sonido en la televisión en una de las esquinas y hablaban por los personajes, inventándose diálogos obscenos.

Un sargento de artillería daba voz a la chica ingenua de la pantalla.

—Oh, Raoul —gritaba el sargento—. ¿Es eso una salchicha vienesa o es tu pajarito?

Favorito estaba aburrido. Movió su silla de ruedas hasta la habitación de Iliana y se presentó a ella como el doctor Favorito, el médico del cuco. Pidió permiso para examinar el reloj. Cogió el reloj del estante y maniobró su silla de ruedas para acercarse a la cama. Dejó el reloj sobre la bandeja para la comida que estaba sobre la cama con la parte posterior hacia Iliana para que ella pudiera ver cómo trabajaba.

—Solo unas preguntas —dijo él—. Es usted la representante en cuestiones médicas del cuco, ¿es así?

—Sí.

—No tiene por qué enseñarme la documentación ahora, pero ¿tiene el ave algún seguro?

—No, no lo creo —respondió Iliana.

—¿Cuánto tiempo lleva el cuco negándose a salir?

—Me di cuenta hará unas dos semanas —contestó Iliana—. Al principio, se mostraba un poco reticente.

—¿Y antes de eso había actuado con regularidad, por así decir?

—Sí, salía una vez cada hora.

—Vaya, eso es mucho —dijo él—. Y por lo que usted recuerda, las últimas veces que el pájaro salió, ¿alguna vez sonó con algún tipo de ronquera o tenía aspecto desaliñado o fatigado?

—Nunca —contestó ella.

—Iliana, a juzgar por sus uñas tan bonitas, deduzco que tiene un juego de manicura.

Iliana señaló con la cabeza en dirección a la mesita de noche. Favorito sacó el pequeño neceser del cajón. Cogió unas pinzas y una lima de uñas metálica y se alegró de encontrar pegamento instantáneo para uñas.

Favorito hizo unos ajustes en el mecanismo del reloj que terminaron con un pequeño tañido.

—¡Ah! Esto era lo que estaba buscando. Acaba usted de oír el «pío-pío cantarín», que es su nombre científico. En relojes de menor categoría sería el «tañido tan-tan».

Se puso las manos alrededor de la boca y se inclinó sobre el reloj para hablarle al cuco.

—Perdona por dirigirme a ti por detrás, pero debes saber que es casi el mediodía y llevas dos semanas ausente. Iliana está preocupada. —Cogió las pinzas y se oyó un tañido más grave—. Ese es el «tolón» —dijo mirando a Iliana—, cuyo nombre más formal es «*beatos sono*», un síntoma más alentador.

Dio cuerda al reloj y lo giró hacia Iliana. Tras mirar su reloj de pulsera, colocó las manillas en la hora correcta y, después, miró de un reloj a otro, teniendo que avanzar el reloj varias veces y con mirada de perplejidad al ver que el reloj de pulsera avanzaba y el otro no. Entonces, para diversión de ella, Favorito descubrió que se había olvidado de hacer que el péndulo empezara a moverse.

Ahora, el minutero pasó de las 11:59 a las 12:00. Iliana empezó a enumerar con él la cuenta atrás:

—Cinco, cuatro, tres, dos, uno.

El cuco salió, cantó y se escondió, cerrando la puerta de golpe al entrar. Los dos se rieron. Iliana sentía la cara rígida, pues llevaba bastante tiempo sin reírse.

—Pero solo ha cantado un cucú —dijo Iliana.

—¿Cuántos cucús tiene que cantar a esta hora?

—Doce —contestó ella.

—Eso parece demasiado —dijo Favorito—. Hay que dejar que el cuco caliente un poco para esa tarea.

Un pequeño toque en la puerta.

—Adelante —dijo Iliana, lamentando la interrupción.

El capitán Marco asomó la cabeza por la puerta.

—¡Hola, Favorito!

—¡Marco! ¿Cómo está? —preguntó Favorito.

—Perdón por la interrupción. ¿Podemos hablar en privado? Solo será un momento, señorita. Lo prometo.

—Un momento, Marco —dijo Favorito. Hizo otro pequeño ajuste en el interior del reloj y sopló sobre él.

En el pasillo, con Marco, Favorito levantó un dedo para pedir silencio mientras contaba hacia atrás desde cinco. Del interior de la habitación se oyó el sonido de doce cucús consecutivos. Favorito asintió y miró al capitán:

—Ya —dijo.

—¿Puedes salir de aquí durante el día? —preguntó Marco.

—Sí, un par de horas entre los tratamientos.

—Tengo un reloj que quizá me puedas arreglar —dijo Marco.

31

La limusina de don Ernesto se detuvo en un aparcamiento lleno de coches baratos destartalados, unas cuantas camionetas viejas y un Impala a medio terminar con la deidad azteca del mal comportamiento, Tlazolteotl, pintada en el capó.

Gómez salió y miró a su alrededor antes de abrirle la puerta a don Ernesto. A lo lejos, se oyó el cacarear de un gallo.

Don Ernesto le ordenó a Gómez que se quedara en el coche.

Con su traje tropical y su sombrero panamá, don Ernesto subió las escaleras del complejo de viviendas mirando los números de los apartamentos.

La puerta que buscaba estaba abierta y un ventilador oscilante justo detrás de la puerta bloqueaba el paso. Sobre la barandilla se secaba una colcha. Una cacatúa blanca y grande tomaba el aire dentro de una jaula junto a la colcha.

El gallo volvió a cacarear.

—¿Qué carajo, Carmen? —contestó la cacatúa.

La voz de Cari se oyó con fuerza desde un dormitorio cuando llamó a su prima.

—Julieta, ven a ayudarme a darle la vuelta a tu madre.

Julieta salió de la cocina secándose las manos. Vio a don Ernesto en la puerta.

—¿Qué desea? —Pensó que iba demasiado bien vestido para ser un cobrador de facturas.

Don Ernesto se quitó el sombrero.

—Solo quiero hablar con Cari sobre un trabajo.

Cari gritó desde el dormitorio:

—Julieta, trae sus cosas para lavarla, por favor.

—No le conozco —le dijo Julieta a don Ernesto.

Cari salió a la puerta del pasillo y miró hacia la sala de estar.

Tenía una mano en la espalda.

Don Ernesto la miró con una sonrisa.

—Cari, yo conocía a Antonio. Quiero hablar contigo. He venido en mal momento. Por favor, continúa con lo que estás haciendo. Puedo esperar unos minutos. He visto una mesa de pícnic al lado del edificio. ¿Te importa reunirte allí conmigo cuando hayas terminado?

Ella asintió, retrocedió hasta desaparecer de su vista y dejó caer algo pesado.

Unos niños daban patadas a un balón de fútbol por el aparcamiento.

En una franja de hierba y árboles entre los edificios de la urbanización había una mesa de hormigón con un tablero de damas pintado encima y una lata de café llena de tapones de botella para ser usados como piezas. Al lado de la mesa había una barbacoa maltrecha. Un cuervo que picoteaba los restos de la parrilla salió volando hasta un árbol cercano, mascullando rabioso mientras don Ernesto limpiaba el polvo del asiento con su pañuelo y se sentaba. Don Ernesto volvió a ponerse de pie cuando Cari se unió a él.

—¿Te ocupas de cuidar a tu tía?

—Mi prima y yo, sí. Cuando las dos estamos trabajando pagamos a una cuidadora para que venga de día. Don Ernesto, sé quién es usted.

—Y yo sé lo que te pasó en Colombia y lo lamento mucho —contestó él—. Cari, he venido como amigo de Antonio y quiero ser un amigo para ti. Has trabajado varios años en la casa de Pablo. Debes conocer bien la casa y sus sistemas.

—La conozco bien.

—¿Y conoces de vista a los hombres de Hans-Peter Schneider?

—Sí.

—¿Y los vecinos están acostumbrados a verte por allí?

—Conozco a algunos de ellos y a la gente que trabaja en las casas.

—La gente del servicio. ¿Llegan allí y están acostumbrados a que los saludes?

—Sí.

—Te ofrezco un trabajo con grandes beneficios para tu tía. ¿Cuál es la mejor residencia de Miami? La mejor de todas.

—Palmyra Gardens —respondió.

—Quiero que consideres lo que voy a decir como un regalo de Antonio y una oportunidad para ti. Te ofrezco una plaza para tu tía en Palmyra Gardens durante todo el tiempo que necesite y también una parte de lo que podamos sacar de la casa.

Un viejo y resistente franchipán en flor por encima de la mesa atraía a las abejas hasta sus flores. Las abejas hacían un leve zumbido sobre sus cabezas.

Cari echaba de menos a su padre fallecido, echaba de menos al anciano naturalista al que vigilaba en el bosque. Anhelaba tener un lugar firme al que acudir en busca de consejo. Miró a don Ernesto, tentada de seguirle.

Pero no veía a su padre en el rostro de don Ernesto ni tampoco al viejo naturalista. Por encima de ella, oía a las abejas.

—¿Qué tendría que hacer? —preguntó.

—Permanecer alerta sería una de las cosas —contestó don Ernesto—. Una mujer ha matado a Jesús Villarreal con una bomba. La mejor defensa contra una mujer es otra mujer. Necesito tus ojos para guardarme las espaldas. Necesito tus conocimientos sobre la casa.

El cuervo esperaba impaciente, subiendo y bajando por la rama. Cari pensó que los ojos de don Ernesto se parecían mucho a los del cuervo.

Era obvio para don Ernesto que Cari no tenía la mejor documentación posible, que probablemente vivía en Estados Unidos casi por casualidad gracias a un precario Estatus de Protección Temporal. El presidente de Estados Unidos podría cancelar esos permisos en cualquier momento en un arranque de ira, si el presidente supiera qué era un Estatus de Protección Temporal.

Cari podría traicionar a don Ernesto y entregar el oro al Servicio de Inmigración y Control de Aduanas en cualquier momento a cambio de mejores papeles y una suculenta recompensa. No lo había hecho hasta ahora... Era mejor tenerla dentro del negocio.

Don Ernesto sonrió cuando el cuervo farfulló algo contra él. Pensó en lo que venía después, el largo dolor de la tensión, el olor del miedo en un lugar cerrado y peligroso. «Qué carajo, Carmen», pensó. «Será de utilidad».

—Cari, ¿quieres traer tu cacatúa? —preguntó.

32

La casa de Escobar estaba en silencio. Los maniquíes y muñecos de acción de las películas se miraban entre sí desde un extremo a otro de las habitaciones de muebles cubiertos con sábanas.

Sin Cari Mora allí para cerrarlas, las persianas automáticas, que solían subirse por las mañanas y bajarse con el calor de la tarde, permanecían casi todas bajadas, levantándose y cayendo de forma aleatoria por el desajuste de los temporizadores. Hacían que durante la mayor parte del día la casa pareciera estar en pleno anochecer. El sistema de aspersores se encendía y apagaba varias veces cada hora.

Poco antes de que se hiciera de día, una rata negra abrió el armario de debajo del fregadero desde el interior y, sin apartarse de la pared, encontró el alpiste del suelo que se le había caído a la ausente cacatúa y se lo comió.

Con las primeras luces, Cari Mora bajó de una camioneta de mantenimiento de jardines frente a la puerta de la valla y marcó el código de acceso. La valla se abrió y Marco metió la camioneta en la que iban sus hombres, Ignacio y Esteban, junto a Benito y Cari.

Gómez estaba en un segundo coche aparcado a una manzana de distancia con don Ernesto.

—Será mejor que mantengamos la boca un poco abierta, Gómez, por si hay un ruido fuerte y una onda expansiva —le aconsejó don Ernesto.

La camioneta de Bobby Joe estaba todavía en el camino de entrada cerca de la puerta delantera.

Las ventanillas de la camioneta estaban bajadas y una de las puertas abiertas, como si aún estuviese esperando a Bobby Joe. Había llovido de noche y el interior de la camioneta estaba mojado.

Cari miró la camioneta. Allí parada y mojada era casi del mismo color que los sesos de Bobby Joe.

Salieron en bandada, armados, con los bolsillos llenos de topes para puertas. Tras colocarse a ambos lados de la puerta delantera, probaron la cerradura. Estaba cerrada. Cari tenía la llave. Abrieron la puerta y cubrieron a Cari mientras ella miraba el panel de control de la alarma. Estaba apagada. Encendió los sensores de movimiento de la planta de arriba.

—Vigilen la puertas por si hay cables trampa detonadores —avisó.

Esteban levantó en el aire una lata de polvos para el tratamiento de hongos en la piel.

Cari negó con la cabeza.

—Aquí dentro no hay haces de luz detectores.

Se movieron por el lateral de la casa, agachándose al pasar por las ventanas. Una puerta lateral estaba abierta. La rata negra los oyó entrar y desapareció de nuevo bajo el fregadero, dejando la puerta del mueble abierta.

Registraron la planta baja, habitación por habitación, gritando «¡Despejado!» a medida que encontraban vacío cada espacio.

Oyeron algo arriba, una voz. Miraron las luces de los sensores de movimiento pero arriba no había nada moviéndose. Cari cortó la alarma y Esteban se preparó para cubrir la gran escalera. Marco y Cari subieron rápidamente, Cari con el AK-47 bajo el brazo, colgado del portafusil.

En un dormitorio pequeño de arriba encontraron las huellas de una huida precipitada. Prendas de ropa abandonadas, una televisión encendida. Una avispa había entrado por la ventana abierta y ahora se golpeaba contra el techo.

Los únicos dormitorios vacíos eran el principal, donde había dormido Hans-Peter, y la habitación que había usado Mateo. En las demás habitaciones había pertenencias desperdigadas de los muertos: una bolsa de aseo, un par de zapatos preparados con un detector de clavos pegado a la punta.

Contra el rincón de un dormitorio había apoyado un AR-15 del fallecido Umberto, el que había metido la cabeza de Antonio en la trampa para cangrejos y había tratado de ahogar a Cari.

En la casa de la piscina, Marco encontró el arnés que Félix se había puesto cuando bajó por el agujero. Tenía las correas llenas de sangre y arena incrustada. Marco se quedó mirándolo un rato. Había marcas de arrastre ensangrentadas que llevaban hasta el muelle. Mandó a Esteban que limpiara con una manguera la sangre de la casa de la piscina.

Marco fue al sótano y se quedó mirando la cara del cubo. Le habían ordenado que no hiciera nada con él.

La imagen a tamaño real de Nuestra Señora de la Caridad del Cobre, vívida sobre la puerta de la caja fuerte, hacía que la habitación pareciera una capilla. Pintados en el mar por delante de ella estaban los marineros en apuros. Una viruta de metal colgaba de un agujero poco profundo taladrado en el lateral de la santa. La enorme taladradora estaba apoyada en el suelo.

El capitán Marco miró a los marineros desesperados que estaban al cuidado de la Virgen y se persignó.

Don Ernesto esperaba en su coche. Sonó su teléfono. Llamaban desde el móvil de Antonio. Se quedó mirando el suyo un momento antes de responder.

—Así que tiene usted la casa —dijo Hans-Peter Schneider—. Puedo hacer que se líen a balazos contra ella en cinco minutos.

—¿A menos que yo haga qué? —preguntó don Ernesto.

—Darme una tercera parte. Es muy razonable.

—¿Tiene usted cliente?

—Sí.

—¿Su cliente me pagará en efectivo?

—O con una transferencia bancaria adonde usted guste.

—De acuerdo.

—Y quiero algo más. —Hans-Peter expresó con un susurro su deseo.

Don Ernesto cerró los ojos mientras escuchaba.

—No puedo hacer eso —dijo—. No puedo.

—Creo que no lo entiende, don Ernesto. Por dos tercios de veinticinco millones de dólares usted haría cualquier cosa.

El teléfono quedó en silencio.

33

En el sótano de la casa de Escobar, Favorito estaba sentado en su silla de ruedas de veterano del ejército junto a una mesa plegable estudiando las copias escaneadas de los documentos y dibujos que la viuda de Jesús Villarreal le había dado a don Ernesto. Uno de ellos un boceto del cubo. Favorito tenía un estetoscopio colgado al cuello y una pequeña caja de herramientas. Varios focos de estudio de fotografía iluminaban la imagen a tamaño real de Nuestra Señora de la Caridad del Cobre delante de la caja fuerte.

Con Favorito en la pequeña habitación estaban Marco y su primero de a bordo, Esteban.

Hubo cierto revuelo de sombreros y saludos murmurados cuando don Ernesto apareció en las escaleras.

Levantó la mano a modo de bendición y los saludó a todos a la vez. Con él estaban Gómez y Cari.

Cari saludó con la cabeza a Marco y a Esteban.

Don Ernesto se colocó junto a la mesa y puso la mano sobre el hombro de Favorito.

—Hola, patrón —dijo Favorito—. ¿Es esto todo lo que le ha dado la señora Villarreal? ¿Le dio Jesús algún detalle más a usted?

—Recibí los papeles después de su muerte, Favorito. Justo antes de escanearlos para ti. Este es el original. No está mucho mejor que la copia.

Desenrollaron los papeles sobre la mesa.

—En las fotos, el cubo me parece de acero inoxidable de 340, así que tiene un grosor de más de doce centímetros —explicó Favorito. Pasó un dedo por el dibujo—. Aquí está la carga explosiva. Esto creo que es una célula fotoeléctrica, probablemente difuminada para que cualquier luz la active en el momento en que se atraviese la caja. No hay que romper ningún rayo de luz para hacerla saltar.

—¿Esa célula no necesita batería? Ha pasado mucho tiempo —dijo Marco.

Favorito golpeteó los papeles con un dedo.

—Es probable que encontremos una fuente de alimentación, quizá bajo las luces del patio, que cargue la batería en el interior de la caja. El patio tiene un temporizador, ¿verdad?

Cari respondió desde las escaleras.

—Sí, hay un temporizador. El sistema tiene un disyuntor de doble polo de veinte amperios en la bodega. Las luces están encendidas de siete a once. Solo permanecieron apagadas cuatro días durante el huracán Wilma.

Favorito miró a su alrededor, un poco sorprendido al oír la voz de una mujer joven.

—Es Cari. No pasa nada —dijo don Ernesto.

—Cari —repitió Favorito. Apuntó hacia la imagen de la caja fuerte—. Caridad del Cobre. Supongo que habrá alguna conexión.

—No la suficiente —respondió Cari.

—Esto parece un dibujo hecho de oídas —dijo Favorito—. Sin ningún detalle. Ni esquema de conexiones eléctricas. Con algunos puntos marcados con la palabra «imán».

—Puntos magnéticos —observó don Ernesto.

—Creo que tenemos que mirar la parte de atrás para ver si tiene algún punto débil —propuso Favorito.

—¿Podremos empujarlo desde aquí, ir por el lado de la caja? —preguntó Esteban.

—No creo que sea buena idea moverlo hasta que sepamos algo más —respondió Favorito—. Atravesar el cemento y colocarle barras de refuerzo en los laterales nos llevaría... ¿cuánto?

—Dos días, si no descansamos por la noche —respondió Esteban.

—Tenemos que mirar ahí abajo. Iré yo —se ofreció el capitán Marco. Sentía que había enviado a Antonio a su muerte. Estaba dispuesto a ponerse él mismo a prueba.

El teléfono de don Ernesto vibró. Lo miró y salió. Entró en la casa de la piscina. Habían limpiado con una manguera, pero la sangre de Antonio había manchado la lechada. Ahora era de color granate. Unas pequeñas hormigas pululaban sobre ella.

Diego Riva, el abogado de Jesús Villarreal, llamaba después de haberse puesto en contacto con el despacho de don Ernesto en Cartagena.

—Don Ernesto —dijo Riva con su tono de voz más amistoso—. Fue un placer verlo ayer, a pesar de lo triste de las circunstancias. He tratado de buscarlo en su despacho. ¿Está usted en Cartagena? Tenemos que hablar.

—Estoy en viaje de negocios. ¿Qué desea, señor Riva?

—Quiero hacerle un favor, señor. Supongo que en un futuro próximo usted utilizará la información que la señora Villarreal le ha proporcionado poniéndose ella misma en una situación muy arriesgada.

—Sí, eso espero —respondió don Ernesto metiendo la lengua en el interior de la mejilla.

—He averiguado algo preocupante. Me han informado de que uno de sus competidores en los negocios, mientras realizaba un examen somero del material, ha alterado los documentos. Eso podría afectar a su seguridad y estoy preocupado por usted. Es fundamental que el material recupere toda su precisión, por su propio bien.

—Le agradezco que se haya puesto en contacto conmigo tan pronto —respondió don Ernesto—. ¿Qué es lo que se ha cambiado? Puedo darle un número de fax de aquí o podría usted escanearlo y enviármelo a mi teléfono.

—Preferiría reunirme con usted en persona —contestó Riva—. Iré encantado a Cartagena, don Ernesto. Este proyecto me ha puesto en una situación de considerable riesgo, por no hablar de los problemas de tener que tratar con la señora y su hermana, que es una mujer difícil, por decirlo suavemente. Espero que me dé usted alguna gratificación. Creo que un millón de dólares sería lo justo.

—¡Caramba! —exclamó don Ernesto—. Un millón de dólares es mucha gratificación, señor Riva.

—Usted necesita esta información. La vida de sus hombres depende de ella —dijo Riva—. Muchos hombres menos honrados que yo podrían considerar la idea de obtener una recompensa de parte de las autoridades.

—¿Y si no pago?

—Cuando tenga tiempo de reflexionar, dentro de unos meses, cuando otros hayan salido beneficiados, se dará cuenta en retrospectiva de que ha cometido un error.

—Señor Riva, ¿aceptaría setecientos cincuenta mil dólares?

—Me temo que el precio ya está fijado.

—Me pondré en contacto con usted muy pronto. —Don Ernesto puso fin a la llamada.

Llamó a Gómez y le habló de Diego Riva y su llamada de teléfono.

—Me advierte de la tristeza que podría sufrir en retrospectiva —dijo don Ernesto.

—Sí, en retrospectiva —repitió Gómez—. En retrospectiva.

—Gómez, si le pago, nos venderá al Servicio de Inmigración y Control de Aduanas después de haber recibido nuestra plata. Querría concertar una cita en la tumba de Jesús. Me gustaría que tú le ayudaras a mejorar su visión en retrospectiva. ¿Recuerdas la película en la que Drácula le daba la vuelta hacia atrás a la cabeza de Renfield?

—Sí, pero me gustaría volver a verla. ¿Le parece bien que contrate a mi tío para que me ayude? Es muy hábil.

—Sí. Vete en cuanto acabemos esto —dijo don Ernesto.

—Sí, patrón. Pero su seguridad...

—Pondré a alguien conmigo.

—¿De este grupo? Señor, si me permite que le haga una recomendación, quienquiera que sea el hombre que escoja, llévese también a la chica. Creo que es muy hábil. Se me da bien valorar estas cosas. Recuerde que fue una mujer la que mató a Jesús.

Don Ernesto no le dijo a Gómez que podría haber alteraciones mortales en los esquemas de la caja fuerte. Y nunca se lo dijo a Favorito ni a nadie.

Si Diego Riva los traicionaba, perjudicaría al mercado del oro de Miami, que normalmente es una plaza fácil para mover oro de procedencia ilícita. Los federales y la Comisión de Bolsa y Valores estarían alerta e irían a por todas las fundiciones de la ciudad. Jesús había dicho que algunos de los lingotes estaban numerados. El oro tenía que salir del país para ser refundido. No podría transportarse en la caja si esta tenía sensores de movimiento.

¿Qué era lo peor que podría pasar si saltaba por los aires? Nada de testigos, nada de pruebas, solo numerosos daños colaterales a un lado y otro de la calle. Perdería a algunos buenos hombres, pero, aparte de eso, nada realmente grave.

De modo que tenían que abrir la caja aquí y debían hacerlo pronto. Tenían que llevarse el oro antes de que Diego decidiera informar a la policía.

Don Ernesto hizo una llamada a Haití. En el aeropuerto de Port-de-Paix, un hombre con mono marrón respondió al teléfono. Estaba limpiando los filtros del combustible de un avión de sesenta años de antigüedad. Habló brevemente con don Ernesto, y, después, don Ernesto hizo un pedido de doscientos treinta kilos de flores cortadas y tres lavadoras.

34

La gran sombrilla encima del agujero era tanto para esconderse de la policía patrullera y los helicópteros guardacostas como para protegerse del sol.

Poco después de que amaneciera, el capitán Marco salió de la casa de la piscina con un arnés puesto. En las manos llevaba el de Félix, lleno de sangre y cieno seco, y lo dejó caer sobre las baldosas que rodeaban la piscina.

Don Ernesto colocó una mano sobre el hombro de Marco.

—No tienes por qué ser tú el que haga esto. Puedo traer a un buceador.

—Yo mandé a Antonio ahí abajo. Iré yo —respondió Marco.

—Muy bien, capitán —dijo don Ernesto.

Ignacio salió de la casa con una pequeña maleta y una mochila. Vació el contenido en el suelo.

—Cosas de los tipos que han muerto —dijo—. Un poco de yerba, sobre todo semillas y tallos, en la maleta, una navaja Leatherman, una revista para sacudírsela... —Ignacio recordó que Cari estaba detrás de él—... eeeh, esta revista, *Tetas gigantes,* y unos dados trucados y..., ¿se lo pueden creer?, un vaso para jugar a los dados forrado en pana. No estaba preparado para Miami. Esa cosa habría hecho que le mataran en esta ciudad. Me desharé de todo.

—Deshazte también del arnés —dijo Marco.

Marco se escondió bajo la sombrilla cuando un helicóptero de la Guardia Costera pasó por encima.

Benito entró con él bajo la lona. El anciano abrió el tubo portacañas que llevaba.

Le dio a Marco una lupara de buceador de alrededor de metro y medio de largo.

—Por si necesitas hacer un poco de ruido —le explicó Benito—. Lo ha hecho mi sobrino para ti. —Tenía en la mano un cartucho. Estaba sellado con cera—. Es un cartucho de calibre 30-30 invertido hacia la culata con un cartucho 357 en el cuello donde antes estaba la bala. Así. Seguro que querrás cargarlo tú mismo.

Marco comprobó la seguridad de la lupara y, después, alojó el cartucho en el extremo del arma.

El cartucho 357 impulsaría el 30-30 como una bala larga con su propia carga llameante hacia cualquier cosa contra la que Marco apuntara.

Benito y Marco chocaron los antebrazos.

—Vamos —dijo Marco—. Me estoy asando dentro de esta cosa. —Se puso una máscara con dos filtros de carbón y una cámara de vídeo. Marco miró a Favorito, que comprobaba la imagen en directo en su ordenador portátil. Pulgares hacia arriba. Chocaron los antebrazos.

Lo bajaron a la oscuridad de la cueva con la manivela. Pequeñas sacudidas mientras bajaba. Marco miró a su alrededor con la linterna. El aire estaba cargado y lo notaba caliente sobre las mejillas.

—Baja un poco, baja un poco. —Extendió los pies—. Más, más. —Tocó el fondo. El agua le llegaba a la cintura, el oleaje subía y bajaba no más de treinta centímetros. Marco iluminó con la linterna el cubo, el cráneo humano, la lámpara de araña que formaban las raíces que atravesaban el techo de la cueva. Notó en los tobillos el impulso de la corriente desde la entrada que había bajo el agua. Calculó las medidas aproximadas con la lupara.

»Los pilares están bastante separados, así que podemos arrastrar el cubo entre ellos si le ponemos el cabrestante. —Avanzó por el agua, respirando por la nariz dentro de la máscara, teniendo que agacharse hasta casi sumergirse para pasar por debajo de algunas ramas—. La barcaza de grava sobresale por encima del agua, pero no está en medio. —Llegó hasta el cubo y el cráneo que estaba a su lado. En las aguas poco profundas junto al cubo vio una parte de un perro.

Marco sacó un imán del bolsillo. Lo pegó al cubo.

—Acero inoxidable, como en el otro lado —dijo—. Aquí no hay ningún punto flaco.

—¿Ves alguna veta de unión? —preguntó Favorito a la vez que estudiaba la imagen de vídeo en su portátil.

—Cordones de soldaduras limpios. Perfectos, casi. Soldaduras de electrodo de tungsteno, lo mismo que en el frontal. Carajo, no hicieron esta cosa aquí abajo.

—Dale golpecitos —dijo Favorito.

Un sonido de succión desde el pasaje por debajo del rompeolas. Subieron algunas burbujas.

El capitán Marco sacó un pequeño martillo de su cinturón y golpeteó el cubo. El sonido cambió un poco al tocar desde el centro hacia una esquina.

—Límpiate las lentes, por favor, Marco.

Marco tenía un paño en una bolsa de plástico y limpió primero la cámara y, después, la máscara.

—Vaya. Aquí hay un punto, ¿lo ves? —Puso el dedo sobre el cubo—. Del tamaño de un lápiz. Eso no es bueno. Voy a salir.

Sonidos de succión desde el agujero por debajo del agua que daba a la bahía.

Marco vadeó hacia la columna de luz que atravesaba el agujero que había por encima de él. Tropezó con algo y del agua apareció la mitad superior de Félix, todo hinchado y mordido, con sus órganos colgando por donde le habían partido por la mitad.

Marco, frenético por salir, pisó a Félix. El ojo de Félix saltó de su órbita y el gas hizo que Marco sintiera náuseas a pesar de llevar la máscara. El medio cadáver empezó a moverse, y fue arrastrado cuando Marco levantó su lupara.

Un sonido de succión desde debajo del rompeolas. Marco se movía lo más deprisa que podía por el agua, con la cuerda elevándose rápidamente hacia arriba por el agujero del jardín.

—¡Tiren! ¡Tiren! —gritó Marco, su voz amortiguada por la máscara.

Estaba balanceándose, con los pies encogidos, subiendo hacia la luz, y debajo de él aparecieron las burbujas en el agua con forma de ataúd. Esteban e Ignacio tiraban de la manivela mientras él oía el chasquido de unas fauces cerrarse bajo sus pies y, a continuación, subió a la luz.

El capitán Marco se sentó en el suelo resollando con dificultad, con su traje mojado desprendido hasta la cintura. Le ofrecieron agua, engulló un par de tragos y los devolvió sobre el lecho de flores. Cari le llevó agua fría para que se enjuagara la boca y un chupito de ron.

Don Ernesto tocó la cabeza de Marco como un obispo que otorgara una bendición.

Miraron en el ordenador las imágenes de la cámara de Marco.

—Probablemente la barcaza de hierro hundida en el vertedero es lo que mantuvo ocupados a los detectores de metales del FBI —dijo don Ernesto.

—Puede que hicieran perforaciones y le dieran unas cuantas veces —añadió Favorito.

Don Ernesto señaló hacia las punciones espaciadas en el cuerpo de Félix.

—Es un cocodrilo de agua salada. Gómez, ¿te acuerdas? ¿No murió César por un cocodrilo de agua salada después de que él y su socio no pagaran el préstamo?

—Sí, pereció en Lago Enriquillo bajo el puente que hay cerca de su despacho —respondió Gómez. Trataba de poner en práctica un discurso juicioso, como el del jefe—. El cocodrilo se lo llevó arrastrándolo y muy probablemente se lo comió.

—No pueden masticar —dijo don Ernesto—. Guardan una despensa bajo el agua para que sus comidas se pudran y se vuelvan tiernas y sabrosas. El cocodrilo se llevó a este hombre y, después, lo trajo de vuelta para que madurara.

Favorito señaló hacia la pantalla.

—Hemos hecho bien en mirar el cubo. ¿Ve este punto que ha encontrado Marco?

—Tiene un detonador de mercurio. No se puede mover —dijo Cari.

—Eso era un agujero sellado con soldadura y pulido después —explicó Favorito—. Después de sellar algo con una carga en su interior, se puede meter un cable en un agujero por el lateral de la caja como ese para ponerle un detonador de mercurio. Cuando alguien trate de mover la caja..., bum. Es una vieja práctica del IRA.

Cari asintió.

—Un irlandés nos enseñó a fabricar morteros con bombonas de gas y también nos enseñó eso. Se llamaba «Grant Penn E.».

—Probablemente fuera un apodo —dijo Gómez, hablando juiciosamente.

—¿Podríamos cortarlo desde atrás con un soplete de plasma? —preguntó don Ernesto.

Favorito negó con la cabeza.

—Si lo hubiese instalado yo, habría puesto sensores infrarrojos en el interior para pillar por sorpresa a quien lo hiciera.

Respiró hondo.

—Necesitamos a la persona que ha montado esto. Para moverlo podríamos congelar un detonador de mercurio con nitrógeno líquido. Pero hay que mantenerlo frío, a menos treinta y siete grados, o BUM. En cuanto a los sensores ópticos, no sé.

—Pablo no iba a cerrar herméticamente su plata para siempre. Tenía intención de recuperarla. Así que debe de haber una forma de entrar. ¿Lo puedes intentar? —preguntó don Ernesto.

—Deje que lo piense —respondió Favorito. Bajó la mirada a sus piernas paralizadas—. A veces, no pienso todo lo que debo.

—Piénsalo durante media hora —dijo don Ernesto.

Estudiaron con atención las imágenes del portátil. Favorito pasó el dedo por una soldadura.

—No todo el mundo sabe soldar esto. ¿Ve? Es soldadura con tungsteno. Mire lo que hace aquí, mírelo aquí, pasando la copa por la junta. Un trabajo muy bien hecho. El número de hombres que saben hacer esto no es grande. Veamos los permisos para los trabajos del patio. Fue entonces cuando metieron ahí esta cosa.

Favorito metió las fotos que había hecho Marco del cubo en una aplicación para edición de imágenes, Photo Plus, y pulsó el botón de mejora de la calidad.

—¡Ah, sí! ¡Gracias, Marco! —En la parte inferior del lateral del cubo que estaba en la sombra del flash había tres letras escritas con un lápiz graso—. B. T. A. Barcos Thunder Alley. Don Ernesto, sé dónde ir a preguntar, pero necesitaré algunas chucherías.

—¿Plata o perico? —preguntó don Ernesto.

—Mejor las dos cosas.

35

El cocodrilo, feliz y satisfecho, nadaba hacia el sur, sumergiéndose cada vez que se acercaba un barco. Era un cocodrilo de agua salada de cuatro metros y pasaba parte de su tiempo en los Everglades, comiendo serpientes pitón birmanas y alguna que otra rata almizclera o nutria, pero prefería la bahía salada del Club de Campo de South Bay, donde se tumbaba en la tierra junto a la calle del campo de golf.

Había otros cocodrilos en la bahía cerca del campo de golf, uno o dos cocodrilos del Nilo y algún caimán junto a los manantiales de agua fresca, todos ellos disfrutando del cálido sol sobre sus corazas.

Lo mejor de todo era que el control de plagas del campo de golf se había deshecho de las polillas y mariposas que hacían cosquillas en los lagrimales de los cocodrilos con sus patitas irritantes para beberse las lágrimas.

El cocodrilo dormitaba y observaba a los golfistas vestidos con sus bermudas.

Por desgracia, a los perros no se les permitía la entrada al campo de golf. A veces, los vecinos —a menudo, ajenos al club— entraban a hurtadillas en el campo por las noches con sus recogecacas y sus bolsitas de plástico, para que sus perritos brincaran alegremente por el borde del agua.

Los cocodrilos, al no poder masticar, deben comerse a las criaturas grandes a trozos después de que se hayan descompuesto y vuelto más tiernas. Pero a los chihuahuas se los pueden tragar enteros, como a los corgis galeses, los lhasa apsos y los shih tzus. Se pueden comer frescos sin tener que esperar a que se reblandezcan en una despensa, como la que el cocodrilo tenía debajo de la casa de Escobar.

Aparte de a Félix, el cocodrilo se había comido solamente a un humano, un borracho que se había caído de un barco lleno de borrachos y al que no echaron en falta en ese momento ni hubo nadie que se acordara de él ni le llorara. Sintió un mareo como una hora después de habérselo comido.

El cocodrilo no estaba obsesionado con comer humanos, pero con su prodigiosa memoria para la comida y los lugares donde encontrarla, sí que recordaba lo refrescante que resultaba que los humanos no tuvieran pelaje ni plumas, pellejo duro, cuernos, picos ni pezuñas. Al contrario que los pelícanos, que suponían más complicación de la que merecían.

Los propietarios de los perros, con sus pantalones cortos y sus regordetas piernas blancas, entrando alegremente durante el crepúsculo detrás de sus mascotas, le resultaban atractivos y no podían ver bien cuando la luz se escondía. Solo hacía falta algo de paciencia.

El cocodrilo sufrió una pequeña molestia por la noche al tragar la linterna frontal de Félix y la dejó junto a la calle del campo de golf, para desconcierto de los encargados del mantenimiento.

36

Diego Riva era un hombre atractivo que asegura-
ba, falsamente, ser nieto de César Romero. Tenía
la expresión amargada de un hombre cuyo fondo era menor que su apariencia.

Compartir le resultaba casi imposible y le dolía ver
a los demás disfrutar de cosas agradables.

Se mostraba especialmente resentido con la cómo-
da casa que don Ernesto le había proporcionado a la
viuda de Jesús Villarreal. La casa y el dinero que había
concedido a la señora Villarreal no habían sido conse-
guidos gracias a la gestión de Diego Riva y este no había
tenido oportunidad de sacar tajada.

Una visita a la señora Villarreal tras la muerte de
Jesús resultó poco provechosa. Él apuntó que era justo

que recibiera unos honorarios, pero la viuda permaneció inalterable, instalada en su bonita casa y mimada por su asistenta mientras su feroz hermana la apoyaba con comentarios ácidos desde su asiento en el rincón.

Al volver a su despacho tras la visita, Diego Riva se pasó la mayor parte de la tarde sentado mientras rumiaba su frustración, con el cuello hundido en la camisa y moviendo los ojos de un rincón a otro de la habitación.

Había alterado los bocetos y las instrucciones que Jesús había dado para abrir la caja fuerte en Miami, pero no estaba seguro de que don Ernesto le fuera a pagar para corregirlos. Y si don Ernesto no pagaba para conseguir las correcciones, se oiría un fuerte estruendo en Miami Beach y no quedaría nadie que le pagara nada.

Tras investigar un poco, averiguó que la mayor recompensa que había pagado el gobierno estadounidense a un denunciante el año anterior había sido de 104 millones de dólares. Las recompensas por la recuperación de objetos de valor estaban entre un diez y un treinta por ciento. Tras hacer un cálculo con un lápiz pequeño, vio que para 25 millones de dólares en oro, su recompensa sería, como poco, de 2,5 millones de dólares que irían directamente a su bolsillo.

Decidió delatar a don Ernesto.

Su llamada a la Oficina del Denunciante de la Comisión de Bolsa y Valores en Washington, D. C., fue pasando por unas cuantas centralitas antes de llegar hasta la muy agradable voz de una mujer del Departamento de Seguridad Nacional.

Tanteó los motivos del rencor de Diego Riva, acostumbrada a tratar con empleados de banca descontentos y avinagrados subordinados de empresas. Aseguró a Diego Riva que estaba haciendo lo correcto y lo más honrado. Las palabras que usó fueron «corregir una mala situación» y «velar por que se haga justicia». Se refería a los denunciantes como «informantes».

Estaba grabando la conversación con Diego Riva sin los reglamentarios pitidos de advertencia. La grabadora se encontraba junto a un pequeño cartel de su escritorio donde decía: «¡Asesta un golpe con tu denuncia!».

Hay cierto nivel de colaboración entre los distintos programas de denunciantes realizados por la Hacienda Pública, la Comisión de Bolsa y Valores, el Departamento de Justicia y el Departamento de Seguridad Nacional. Lo normal es que quienquiera que responda a la llamada de un denunciante anime al que llama a seguir hablando para sonsacarle información y, después, el asunto se traslada a la autoridad competente.

La agente aseguró a Diego Riva que, aunque ya hubiese dado esa información a otra agencia, la Comisión de Bolsa y Valores pagaría por ella ciento veinte días después de la primera revelación.

Diego Riva dijo que iba a solicitar la confirmación por escrito de una recompensa y que su información tendría como resultado la recuperación de un montón de explosivos, así como de oro en la zona continental de Estados Unidos.

La agente del Departamento de Seguridad Nacional le informó de que eso podría tardar unas horas. Diego Riva dijo que no proporcionaría más información hasta tener en sus manos el documento. Se quedó sentado junto a su teléfono y su fax.

Un agente de la Iniciativa de Contenedores Seguros del departamento de Seguridad Nacional en Cartagena reasignado sobre la marcha vigilaba la casa de Riva hasta que por la noche fue relevado por un agente del Servicio de Inmigración y Control de Aduanas llegado de Bogotá.

37

Favorito miraba la pintura de Nuestra Señora de la Caridad del Cobre de la puerta de la caja fuerte y la imagen le devolvía la mirada a Favorito, que estaba en su silla de ruedas. Los marineros a los que ella protegía luchaban contra las olas pintadas.

Favorito estaba sentado frente a su mesa plegable. Sobre la mesa había un gaussímetro, un voltímetro, media docena de potentes imanes y un estetoscopio.

Don Ernesto, Gómez, Marco, Esteban y Cari le miraban, estos dos últimos en las escaleras para dejar espacio en la pequeña habitación del sótano. Don Ernesto tenía a Gómez a su lado; Gómez podría levantar a Favorito, con silla de ruedas y todo, y subirlo corriendo por las escaleras.

La imagen de la Virgen estaba iluminada con los reflectores, brillante en el interior del oscuro sótano.

—Ahora sabemos que hicieron la metalistería en el Astillero de Thunder Alley —dijo Favorito—. La gente con la que he hablado dice que el mismo Pablo fue a verla. Transportaron el cubo a la obra de aquí y lo dejaron con una grúa bajo tierra. En aquel entonces era un suelo sólido. En Thunder Alley nadie vio que lo cablearan. Pablo debió traer a alguien desde Cali para que lo hiciera. El gas ciudad está cortado en la calle, ¿verdad?

—Sí —respondió Cari—. Lo he cortado yo.

Benito llamó desde el Aeropuerto Internacional de Miami, adonde don Ernesto le había enviado para la llegada del DC-6A y que verificara que se cargaba el equipo en el viejo avión. Benito había cargado muchos aviones DC-6A tiempo atrás. El avión había repostado y estaba preparado y se había realizado bien la carga, informó.

No había que esperar más. Ahora o nunca.

Favorito comprobó sus imanes. Esparcidos delante de él estaban los papeles y el dibujo de Jesús Villarreal. Favorito encendió un cigarro.

—¿Crees que deberías fumar aquí dentro? —preguntó Gómez.

—Desde luego que sí —respondió Favorito—. Muy bien. Según este diagrama, los imanes están en las rodelas que hay junto a los marineros, ahí y ahí. Con el tercer imán hay que ir a la leyenda que está en la parte inferior del cuadro: «Yo soy la Virgen de la Caridad del Cobre». A la palabra «Virgen». Hay que tocar las letras con el imán para formar la palabra «A-V-E».

Favorito se secó las manos con un pañuelo de papel.

—Don Ernesto, si alguien quiere marcharse, ahora es el momento de hacerlo. Solo le pido una cosa: desde ahora hasta que hayamos terminado en esta habitación, todos deberán hacer lo que yo diga. Con todos mis respetos, eso le incluye a usted, don Ernesto.

—A sus órdenes —respondió don Ernesto.

Favorito dio una fuerte calada a su cigarro, lo dejó caer al suelo y movió la rueda por encima de él para apagarlo. Levantó la vista hacia la pintura iluminada de Nuestra Señora de la Caridad del Cobre y se persignó.

Tocó a los marineros que estaban en la parte inferior de la imagen.

—Todos estamos en el mismo barco, hermanos —dijo.

En ese momento, a mil ochocientos kilómetros de distancia, sonó el teléfono del despacho de Diego Riva y salió un documento del fax.

En el sótano de la casa de Escobar, Favorito se acercó en su silla de ruedas a la puerta pintada de la caja fuerte y bloqueó los frenos.

Favorito colocó el primer imán en la rodela de la parte izquierda. Un chasquido en el interior de la puerta de la caja. Favorito pestañeó varias veces. Podía oír cómo sus párpados chasqueaban también.

—Ahorita, a tocar A-V-E —se dijo en voz baja—. Ave, y cuando digo ave, Nuestra Señora, me refiero a Ave María. —Tocó la A. Tocó la V.

Buscó la E y la tocó. Una milésima de segundo. Un chasquido.

Probó a abrir el picaporte. No giró. Pero en su estetoscopio oyó un leve chasquido y, después, un tictac más fuerte, y, luego, más fuerte hasta que se oyó en toda la habitación. Tic-TAC.

—Fuera de la habitación —dijo Favorito. No levantó la cabeza de los papeles—. Salgan y no dejen de correr. Salgan a la calle, agáchense más allá del muro.

—Vamos a sacarte. ¡Gómez! —gritó don Ernesto.

El hombre corpulento se acercó y se inclinó para levantar a Favorito.

—¡No! Me ha dado su palabra, señor —dijo Favorito.

—Salgan de la habitación —dijo don Ernesto—. Ya. Corran.

Los hombres echaron a andar rápidamente, avergonzados de correr por el interior de la casa pero con el deseo de salvar sus vidas, y saliendo a la carrera en cuanto pisaron el césped. Desde la cocina, se oyó al pájaro: «¿Qué carajo, Carmen?». Cari lo oyó y corrió a la cocina para abrir la jaula.

En el sótano, Favorito tenía un imán en la mano. Lo movió a un lado y otro de la leyenda. El tictac sonaba un poco más rápido, mucho más fuerte, su corazón y el tictac en una espantosa síncopa. Favorito levantó el papel para mirar el dibujo y la imagen iluminada a la vez. La luz que desprendía la pintura atravesaba el papel, con un punto más iluminado donde el papel estaba más fino tras haberse borrado algo. El punto que había justo a la izquierda de las doce en punto del frondoso halo que rodeaba la cabeza de la Virgen no aparecía en el dibujo. Cogió un imán y levantó el brazo desde la silla de ruedas. No llegaba a lo alto del halo. Bloqueó las ruedas y trató de levantarse de la silla con un brazo. El tictac sonaba como un trueno, como disparos, y miró a la cara de la Virgen y gritó:

—¡CARIDAD!

Cari lo oyó desde arriba. Lanzó al pájaro blanco revoloteando sobre el sofá. Corrió escaleras abajo hacia la nube de luz y chasquidos.

Favorito le lanzó el imán.

—¡El punto negro de la aureola! ¡En las doce en punto!

Cari corrió a la imagen con tres largas zancadas, saltó como si fuera a encestar y pegó el imán sobre el punto que estaba sobre la Virgen.

TIC. Tac. El tictac se detuvo. El picaporte de la puerta de la caja giró solo con un traqueteo. Favorito y Cari estaban jadeando. Ella se inclinó sobre Favorito y se abrazaron como pudieron hasta que los resoplidos se convirtieron en carcajadas.

38

Durante unos segundos, el tictac pareció haber detenido el mundo entero. Cari y Favorito dieron un salto cuando la caja fuerte dio un chasquido más y, a continuación, se pusieron manos a la obra.

Favorito no podía llegar con sus manos a todo lo que había en la caja. Cari le ayudaba y juntos sacaron los bucles de colores brillantes de los cables de los explosivos y los detonadores para ponerlos en la mesa, dejando dentro de la caja el Semtex donde había un montón de clavos apilados alrededor del explosivo para actuar como metralla.

No querían usar un teléfono móvil junto a la caja fuerte, así que, cuando hubieron sacado y apartado los detonadores, Cari dejó a Favorito en el sótano y fue a dar el aviso de que todo estaba despejado, moviendo la mano con el pájaro sobre el puño por encima de la cabeza.

A continuación, todo pasó muy rápido.

Como una brigada de bomberos, se fueron pasando los lingotes de oro Good Delivery, los lingotes de un kilo, los lingotes irregulares de las minas ilegales de Inirida y las bolsas de las planchuelas pequeñas, cada una de ellas poco más grande que un encendedor de Zippo. Dentro de la furgoneta había tres lavadoras de carga superior bien sujetas con barras de acero soldadas en el varadero.

Gómez se colocó detrás de la silla de ruedas de Favorito y lo levantó, con silla y caja de herramientas incluidas, y le subió por las escaleras.

En pocos minutos, la furgoneta iba camino del aeropuerto a través de una leve llovizna. En el puente elevado de Julia Tuttle, se cruzaron con un convoy que se dirigía a toda velocidad en la otra dirección, hacia Miami Beach.

39

Dos furgonetas del Servicio de Inmigración y Control de Aduanas con seis agentes cada una, cuatro agentes del FBI y unidades de Operaciones Tácticas, además de la Unidad de Explosivos con su robot, cruzaban el puente elevado de Julia Tuttle usando las sirenas hasta el punto intermedio y, después, una única sirena de ambulancia desde allí hasta Miami Beach.

Los Cuerpos Especiales de la Policía de Miami Beach y el camión de bomberos llegaron los primeros a la casa de Escobar de la bahía. La Patrulla Marítima de Miami-Dade llegó por el agua con dos lanchas, sin luces ni sirenas. Los Cuerpos Especiales entraron por la parte delantera y trasera de la casa a la vez.

Un helicóptero de la policía sobrevolaba la casa, haciendo aletear la vieja y raída manga de viento que estaba junto al helipuerto de la casa.

Programado para evitar los enredos, el robot parecía dubitativo ante la estrecha escalera pero, con el apoyo de su operador, bajó los escalones hasta la habitación del sótano. El cañón de la escopeta de calibre doce del robot estaba lleno de agua para interrumpir el circuito de detonación de una bomba. El proyectil de la escopeta tenía un tapón eléctrico donde antes iba el iniciador.

La cámara del robot mostraba la caja fuerte abierta, sus estantes superiores vacíos, paquetes de kilo de Semtex en el estante de abajo. La brigada de explosivos se alegró de ver por la cámara del robot una maraña de cables de detonación de colores separados de los explosivos y amontonados sobre la mesita plegable y, junto al cable, un detonador de mercurio, ya inofensivo. Esa cortesía no se le escapó a la brigada de explosivos.

Tres pesados imanes y las herramientas de Favorito, limpiadas con aceite, estaban en otro montón bajo las escaleras.

No encontraron a nadie en la casa aparte de los maniquíes, los monstruos de escayola y los muñecos.

Por la casa se movían policías de distintas agencias. Cuando se llevaron los explosivos en la camioneta de la brigada, el miedo se fue con ellos.

La brigada de explosivos se reunió alrededor de la silla eléctrica antigua de la sala de estar y discutieron sobre si podría usarse o no para calentar una pizza. Su sargento, sentado en la silla, dijo que cocería a fuego lento pero no serviría para saltear y por eso no la tenían ya en Sing Sing. Todo les parecía divertido cuando se llevaron la bomba.

La Patrulla Marítima bloqueó el puente elevado de la calle Setenta y nueve y el de Julia Tuttle y registraron todos los barcos que pasaban por debajo.

Terry Robles reunió las armas que había en la casa, un AK y el AR-15 de la habitación del fallecido Umberto. Tras ponerse unos guantes, abrió el AR-15 y sacó el automatizador de disparo, una estructura de aluminio en forma de cajita del conjunto de control que permitía que el arma disparara de forma totalmente automática. Les enseñó el dispositivo a los agentes de la Oficina de Alcohol, Tabaco y Armas que estaban allí.

Uno de los agentes lo miró. Levantó las cejas con sorpresa.

—De nueva fabricación —dijo.

Todos los automatizadores de disparo legales de los AR-15 estaban fabricados antes de 1986. Un automatizador legal y registrado cuesta quince mil dólares si se consigue de ocasión y se tiene un permiso de armas de clase 3.

Un automatizador recién fabricado e ilegal supondrá hasta doscientos cincuenta mil dólares de multa y veinte años en la prisión federal de Coleman sin posibilidad de libertad condicional.

—Hazme un favor —le dijo Robles al agente—. Mira a ver si puedes mover esto por el laboratorio con rapidez.

En la habitación de Hans-Peter encontró una carpeta, copias de dibujos que provocaban espanto al mirarlos.

Dos días después, el detective Robles iría infiltrado con los de la Oficina de Alcohol, Tabaco y Armas al guardamuebles sin ventanas que parecía un matadero, donde tanto los hombres de don Ernesto como Hans-Peter alquilaban armas.

El propietario le dijo a Robles que le llamara compadre. Su nombre real, que figuraba en la orden de registro que tenía el detective Robles en su bolsillo, era David Vaughn Webber, WM 48, con dos arrestos previos por posesión de cocaína y otro por conducción bajo el efecto de drogas y alcohol.

El detective Robles y los de la Oficina de Alcohol, Tabaco y Armas le buscaban porque su huella estaba dentro del pequeño automatizador del rifle de Umberto.

40

En el aeropuerto, la furgoneta se detuvo cerca del viejo avión, y, con una plataforma rodante, los hombres de don Ernesto llevaron las lavadoras al elevador de la carga. Las lavadoras, cargadas de oro, desaparecieron en el interior del avión para ocupar su lugar entre una fila de lavadoras normales que iban hacia Sudáfrica.

Lluvia sobre el asfalto. Reflejos del cielo gris agujereados por las gotas de lluvia. Un viejo 707 pasó rodando al lado y ahogó el sonido de las conversaciones.

—Ven conmigo, Cari —dijo don Ernesto cuando hubo pasado—. Ven a trabajar conmigo. Este lugar te va a traer problemas.

—Gracias, don Ernesto. Este es ahora mi hogar.

—Te aconsejo seriamente que vengas conmigo.

Ella negó con la cabeza. Bajo la lluvia, su cara parecía más joven de sus veinticinco años de edad.

Él asintió.

—Cuando venda el oro tendrás noticias mías. Busca un lugar donde guardar plata en efectivo. Hazte con una caja de seguridad. Cuando tengas la plata, métela en tus cuentas poco a poco hasta que puedas invertir en un negocio al que transferirla. Puedo recomendarte a un contable cuando llegue el momento.

—¿Y mi tía?

—Yo me encargaré de eso, te lo prometo.

Hans-Peter Schneider miraba el avión desde el arcén de la carretera por fuera de la valla del aeropuerto. Tenía el teléfono en el regazo. En un trozo de papel llevaba los números del control de tráfico aéreo, la comisaría de policía del aeropuerto de Miami-Dade, la Administración de Seguridad en el Transporte y el Servicio de Inmigración y Control de Aduanas.

Don Ernesto fue corriendo al baño. Estaba marcando un número de teléfono y hablando mientras entraba por la puerta. Cuando recordó mirar por debajo de la puerta de la cabina del baño no vio ningún pie.

Don Ernesto hablaba junto al urinario.

—Trabaja en la Estación de Aves Marinas, en el paso elevado de la calle Setenta y nueve —dijo.

Sirenas a lo lejos, quizá algún disparo, quizá acercándose hacia ellos. Don Ernesto volvió corriendo al avión y subió a bordo.

Cuando la puerta del baño se cerró de golpe, Benito, que estaba sobre el váter, pudo volver a poner los pies en el suelo.

En su SUV, Hans-Peter puso fin a la llamada, se metió el teléfono en el bolsillo y arrugó su lista de números de teléfono. Vio cómo los pilotos hacían su inspección alrededor del viejo DC-6A y, a continuación, se marchó.

El avión fue rodando por la pista, con sus cuatro hélices arañando el aire y aplanando la hierba que había junto a la pista. Lleno hasta arriba de lavadoras y unos cuantos lavavajillas —solo tres de ellas pesadas—, fue levantándose por fin hacia el cielo, girando con una larga curva para alejarse del tráfico y dirigiéndose hacia el sur por encima del mar en dirección a Haití.

Don Ernesto cerró los ojos y pensó en Candy y en los buenos tiempos que ya no volverían, y pensó en los buenos tiempos que estaban por venir. Gómez, a quien la tripulación ordenó que se sentara detrás del centro de gravedad del avión, miraba la sección de masajes del *New Times*.

Los dos nombres que Diego Riva conocía eran los de don Ernesto e Isidro Gómez.

Se habían emitido las órdenes de arresto, pero, para entonces, su viejo avión sobrevolaba entre los gemidos de sus motores el estrecho de Florida, libre y alejándose.

41

Pasaron dos semanas y nadie había tenido noticias de don Ernesto.

Marco compró una tarjeta de teléfono y, con un móvil de prepago, llamó a la Academia de Baile Alfredo. Le dijeron que allí no trabajaba nadie llamado don Ernest. ¿O era don Ernesto?

Una agradable mañana en el norte de Miami Beach, en el parque Greynolds junto al lago. Parejas montadas en barcas alquiladas remaban sobre el agua tranquila. Había gente almorzando bajo los árboles, extendiendo manteles, y alguien tocaba un acordeón. Un humo azul levitaba sobre el agua procedente de las barbacoas.

Cari Mora miró su reloj y se sentó en el borde del muelle. Llevaba un sombrero de paja con un llamativo lazo.

Un esquife de proa chata se acercó al muelle.

Favorito remaba en la popa, con la silla de ruedas plegada delante de él en el suelo de la barca. Cari no le había visto desde que abrieron la caja fuerte. Habían hablado una vez por teléfono, durante quince segundos.

En la proa del esquife, Iliana Spraggs iba remando también, con la pierna sujeta por una escayola hinchable. Llevaban puestos chalecos salvavidas. La cara de Iliana ya estaba sonrosada por el sol.

Favorito sonrió a Cari.

—Hola —dijo—. Tic-tac. Esta es Iliana.

—Tic-tac —contestó Cari—. Hola, Iliana.

Iliana Spraggs no miró a Cari ni le devolvió el saludo.

—Cari, nadie ha tenido noticias de nuestro amigo del sur —dijo Favorito—. Puede que nunca volvamos a saber nada de él. Creo que se ha largado con la plata.

Favorito levantó una cesta de merienda.

—Mira debajo de los bocadillos.

Cari apartó la comida y vio el luminoso resplandor amarillo de debajo.

Miró a su alrededor. Los excursionistas que estaban más cerca habían vuelto bajo los árboles. Hurgó en la cesta. En una bolsa de tela había nueve planchuelas pequeñas con marcas que indicaban cien gramos de peso.

—Se cayeron dieciocho de estas en mi caja de herramientas —dijo Favorito—. Nueve para ti, nueve para nosotros. —Continuó hablando, tanto para Iliana como para Cari—. Si no llega a ser por ti, Cari, si no hubieses bajado las escaleras del sótano, yo estaría hecho picadillo. Sé lo que es saltar por los aires, me ha pasado antes. Estas nueve valen en torno a cuarenta y cuatro mil dólares. Tienen la marca de Credit Suisse y no están numeradas. Con el tiempo, resultará fácil venderlas. Hazlo poco a poco, dispérsalas, ingresa la plata poco a poco en lo que sea que vayas a hacer. Haz ingresos de menos de cinco mil dólares. Paga los impuestos.

—Gracias, Favorito —dijo Cari. Sacó la bolsa con los pequeños lingotes y metió la cesta de la merienda en la barca encima de la silla de ruedas plegada—. A alguien le está dando demasiado el sol.

Le ofreció a Iliana su sombrero de jardinera. Iliana no hizo ademán alguno de cogerlo.

Cari miró el rostro serio de Iliana.

—No dejes escapar a Favorito. Es de los buenos. —Dejó el sombrero en la barca sobre la cesta.

Ellos se alejaron remando. Cari puso las planchuelas en su bolso junto a sus libros de texto y una bolsa de fertilizante Vigoro para árboles.

Cuando ya no la podía oír, Iliana habló sin mover mucho la boca:

—Joder, es muy atractiva.

—Sí que lo es. Y tú también —respondió Favorito. Pasó un momento antes de que Iliana se pusiera el sombrero y saludara a Cari desde la barca. Posiblemente, Iliana sonrió.

Cari montó en el autobús para ponerse a trabajar en su futura casa cerca del canal de Snake Creek.

42

Un cálido día cercano a la Navidad. Los franchipanes habían dejado caer las hojas para enfrentarse al invierno de veinticuatro grados. Las grandes hojas soplaban contra las piernas de Cari Mora mientras caminaba desde la parada del autobús hacia su casa cerca del canal de Snake Creek.

Llevaba dos bolsas de lona. En una bolsa iba una planta camarón de color rosa fuerte y, en la otra, sus libros de texto, junto con un ejemplar de *Tablas de medidas para vigas y travesaños*, del Consejo Norteamericano de la Madera.

Los niños de una casa vecina, de unos ocho años de media, estaban montando un belén en su patio de entrada.

Tenían figuras de María y José, del niño Jesús en el pesebre, además de los animales del establo: una cabra, una mula, una oveja y tres tortugas. En el centro de la escena habían colocado una estaca. Dos niñas y un niño pegaban cables de lucecitas sobre la estaca y las extendían como la estructura de una carpa para crear un colorido árbol de Navidad sobre el pesebre.

Su madre miraba desde el porche. Custodiaba el transformador de baja tensión con el cable enrollado debajo de su silla.

Cari sonrió a la mujer del porche.

—Qué Nacimiento tan bonito —les dijo a los niños.

—Gracias —respondió la niña de más edad—. Kmart es el único sitio donde se pueden encontrar Nacimientos de plástico que aguanten la lluvia. Los de escayola se deshacen.

—Tenéis tortugas en el establo con José, María y el niño Jesús.

—Es que en Kmart se habían agotado los Reyes Magos y ya teníamos estas tortugas. Son de madera, pero les hemos dado una capa de barniz por si llueve.

—Entonces, esas tortugas son...

—Claro..., son las Tres Tortugas Magas —respondió el niño pequeño—. Si podemos conseguir unos Reyes Magos, las tortugas serán tortugas normales que viven juntas en el establo. Amigas de la mula y la oveja.

—Las embarraremos para que se parezcan a las de Snake Creek —añadió la niña.

—Un Nacimiento estupendo —dijo Cari—. Gracias por contármelo.

—De nada. Ven a ver el encendido cuando mamá lo enchufe. Feliz Navidad.

Cari comenzó a oír silbidos cuando se acercaba a su casa con el toldo azul en el tejado. Empezó sonando como uno o dos pájaros piando y se fue haciendo más fuerte y a sonar más rápido a un lado y otro de la calle hasta parecer un par de organillos de vapor. Se dio cuenta de que era una conversación en silbo gomero.

Sospechó que los silbidos eran por el hombre que estaba sentado en los escalones delanteros de su casa.

Cari se cambió la bolsa con la pesada planta para colgársela de la mano derecha. Se balanceaba a su lado.

El hombre se puso de pie cuando la vio acercarse.

Cari se detuvo en la esquina de su patio a examinar una planta que se estaba poniendo amarilla.

Podía ver que su visitante tenía un bulto sobre el lado derecho de su cinturón: la empuñadura de una pistola apretada contra la chaqueta. En lugar de acercarse por el camino, lo hizo por la hierba para que el sol siguiera dándole al hombre en los ojos.

—Señorita Mora, soy el detective Terry Robles, del Departamento de Policía de Miami-Dade. ¿Podría hablar con usted unos minutos? —Por cortesía, le enseñó su tarjeta de identificación en lugar de la placa.

Ella no se acercó lo suficiente para ver la identificación. Se preguntó si tendría en el cinturón unas esposas con bridas.

Terry Robles vio que el rostro de Cari se correspondía con los dibujos que llevaba en una carpeta bajo el brazo. Esos dibujos le parecían ahora sucios y vergonzosos en lugar de simples pruebas. Sintió un calor desagradable debajo del brazo.

Cari no quería que Terry Robles entrara en su casa, donde había cambiado el sitio de sus tres muebles varias veces en una semana. Era un policía, como el Servicio de Inmigración. No quería tenerlo ahí dentro.

Cari invitó a Robles a sentarse en una mesa del jardín en lugar de en el interior de la casa.

En el porche trasero, la cacatúa respondía al silbo gomero de la casa de al lado. El pájaro silbaba y respondía con gritos en inglés y en español.

—¿Entiende usted el idioma de los silbidos? —preguntó Robles.

—No. Mis vecinas ahorran así minutos en llamadas de celular. Y nunca las hackean. Por favor, disculpe por el lenguaje del pájaro, siempre está escuchándolo todo y entrometiéndose en sus conversaciones. Si le dice algo, no lo tome como algo personal.

—Señorita Mora, han pasado muchas cosas en la casa donde usted trabajaba. ¿Conoce a alguna de las personas que se estaban alojando allí?

—Solo estuve un par de días con ellos —respondió Cari.

—¿Quién la contrató para ese par de días?

—Dijeron que era una productora de cine, había un nombre en la autorización. Mucha gente ha rodado películas allí en los últimos dos años, anuncios para la tele aprovechando el atrezo que hay en la casa.

—¿Conoció a alguien de ese equipo?

—El jefe era un hombre alto que se llamaba Hans-Peter.

—¿Sabe lo que han encontrado en la casa?

—No. No me gustaba esa gente y me fui el segundo día.

—¿Por qué?

—Eran presidiarios. No me gustaba su forma de comportarse.

—¿Presentó usted alguna queja?

—Les expresé mi queja a ellos antes de marcharme. Robles asintió.

—Algunos de ellos están muertos, otros han desaparecido.

No vio reacción alguna en Cari.

—Está usted estudiando.

—En la Miami Dade. Acabo de empezar.

—¿A qué se quiere dedicar?

—Quiero ser veterinaria. Estoy en el curso de preparación para ingresar en la facultad.

—Hace poco ha conseguido que le ampliaran su Estatus de Protección Temporal y el permiso de trabajo. Felicidades.

—Gracias.

Cari pudo ver lo que le esperaba a continuación.

Robles se removió en su asiento.

—Está usted a la espera de conseguir la ciudadanía. Tiene licencia para trabajar como auxiliar sanitaria a domicilio, ha cuidado de ancianos, ha limpiado casas. Esa gente ha sacado un montón de oro de la casa donde usted trabajaba. Señorita Mora, ¿le han dado a usted algo?

—¿De oro? A mí me daban dinero para hacer la compra, y no mucho.

Aún le quedaban tres planchuelas en el nido de zarigüeyas del desván.

—El año pasado declaró usted unos modestos ingresos a la Hacienda Pública, pero, recientemente, ha podido comprarse esta casa.

—La mayor parte sigue perteneciendo al banco. El cuñado de mi prima en Quito es el propietario. Yo se la cuido. La estoy arreglando.

Esa era la verdad, por escrito. Podía enseñárselo a ese hijo de puta.

La rabia iba creciendo en Cari mientras miraba la cara de Robles, a sus ojos oscuros como los de ella en el patio trasero de su propia casa.

No pensaba que llegarían hasta ahí, los problemas. No pensaba que llegarían hasta su jardín, hasta su casa, construida sobre una losa de piedra sin que ningún niño pudiera sufrir ningún daño debajo de ella.

El rostro de Robles le parecía más claro que el jardín que tenía alrededor. Su visión se mantenía muy nítida en el centro, como lo había estado cuando vio a aquel comandante de Colombia que disparó al niño debajo de la casa.

Cari levantó la mirada hacia su mango, escuchó cómo este aspiraba la brisa y ella misma respiró hondo una vez y otra más.

Una abeja, apurada por conseguir alimentos para el invierno, llegó hasta la planta camarón de su bolsa y curioseó entre las flores. Cari recordó al anciano naturalista al que había cuidado en Colombia, con sus gafas plegadas en el bolsillo y su gorro para protegerse de las abejas en la cabeza.

Su rabia hacia Robles era ilógica y lo sabía.

Cari se puso de pie.

—Detective Robles, le voy a ofrecer un vaso de té helado y a pedirle que me diga claramente qué quiere.

Cuando era un joven marine, Terry Robles había sido durante seis surrealistas semanas el campeón de boxeo de peso ligero de la Flota del Pacífico. Vio en los ojos de Cari algo que reconoció.

«OK. OK. Muy bien. Que empiece el espectáculo».

—OK —dijo después de oír esa palabra diez veces dentro de su cabeza—. ¿Tiene alguna idea de lo que pretendía hacer Hans-Peter con usted?

—No.

—Hans-Peter Schneider proporciona mujeres a los trabajadores de las minas de oro ilegales de Colombia y

Perú. Muchas de ellas se intoxican con mercurio porque las minas contaminan el agua. Eso hace que resulte difícil vender sus órganos cuando mueren. Schneider vende órganos humanos que no están contaminados por el mercurio. Los recolecta en moteles. Vende mujeres mutiladas a clubes especializados de distintas partes del mundo. Realiza modificaciones a medida a esas mujeres. Lo que creo es que, si no la consigue a usted, hará que otra mujer grite sin parar.

No hubo ninguna reacción visible en Cari.

—Aquí tengo los bocetos de los diseños que hizo para usted. De nuevo, le pido disculpas por esto, pero tenemos que ponernos serios.

Robles le pasó a Cari unos cuantos dibujos boca abajo.

Ella los fue girando de uno en uno. Desde el punto de vista de la destreza, eran muy buenos dibujos. En el primero, la había dejado con un solo miembro —un brazo y una mano con la que dar placer a sus amos— y tenía tatuados retratos de Mamá Gnis. No había vestigio alguno de otras extremidades. Era como un tocón con una única rama. Una pequeña nota en la esquina decía: «Paleta de cerdo».

A partir de ahí, los dibujos iban a peor. Los miró todos, los volvió a amontonar y se los pasó a Robles por encima de la mesa.

—Usted puede ayudarnos a atrapar a Hans-Peter —dijo él.

—¿Cómo?

—Está obsesionado con usted. Yo quiero pillarlo y la Interpol también. Necesitamos meter a su clientela de ricos enfermos en la cárcel o en un manicomio, que es donde deben estar. Quiero que Hans-Peter deje de destrozar mujeres para ellos. Usted puede atraerlo.

—¿Sabe dónde está Hans-Peter Schneider?

—Ha usado sus tarjetas de crédito en Bogotá, Colombia, y en Barranquilla durante los dos últimos días, y se han realizado llamadas desde su teléfono desde Bogotá. Pero volverá. Si no lo hace, tendremos que tomar la iniciativa y viajar con la Interpol. Un confidente ha identificado a algunos de sus clientes. Uno tiene una villa en Cerdeña. Yo puedo encargarme de solucionar lo de su ausencia en las clases y en el trabajo. ¿Lo haría? ¿Vendría a pescarlo conmigo?

—Sí.

—Y, después, quiero meter entre rejas a los hombres que le alquilaron las armas —añadió Robles.

Robles había realizado arrestos en el caso del arrendamiento de armas, pero necesitaba demostrarle al jurado que esas mismas armas estaban en manos de criminales.

—Con una de esas armas dispararon a mi mujer —dijo—. Y me dispararon a mí y a mi casa, que se parece mucho a esta. Me gusta mi casa igual que a usted la suya, es decir, igual que a usted le gusta la casa del cuñado de su prima. ¿Vio usted si Hans-Peter Schneider tenía armas?

—Sí.

—¿Qué vio? ¿Podría darme una descripción de las armas?

—¿Una descripción de las armas?

—He leído su solicitud de ampliación del Estatus de Protección Temporal. Conozco su pasado. ¿Podría asegurarme de que no se trataba de armas de atrezo para las películas?

—Tenían dos AK, de disparo selectivo con silenciador, y un par de AR-15, una con automatizador de disparos. Tenían cargadores curvos de treinta balas para todo y un tambor para uno de los AK. Hans-Peter Schneider, el alto, llevaba una Block de nueve milímetros en una funda detrás de la espalda. ¿Toma limón?

—No voy a tomar té. Señorita Mora, no puedo conseguir un destacamento de seguridad permanente para su casa, pero sí puedo ofrecerle un par de centros de protección de testigos donde podrá alojarse y nadie podrá encontrarla. Podría quedarse allí hasta que...

—No. Yo vivo aquí.

—¿Me haría el favor de simplemente ir a ver esos refugios?

—No, detective. Ya he visto los de Krome.

—¿Lleva un celular en todo momento donde yo pueda localizarla?

—Sí.

—Voy a pedir al Departamento de Policía del Norte de Miami Beach que pase mucho por aquí.

—De acuerdo.

El agente Terry Robles se dio cuenta de que Cari era una agradable visión en esta tarde dorada, aunque él no le gustara. Llevaba mucho tiempo solo. Pensó en su mujer en Palmyra, con el sol en su cabello. Necesitaba marcharse de este lugar.

—Hay una orden de búsqueda contra Hans-Peter —dijo—. Cuando le localicemos, la llamaré por teléfono. Cierre con llave.

—Que tenga una feliz Navidad, agente Robles.

—Feliz Navidad —respondió Robles.

«Bueno, puede que no me odie. Tampoco es que eso vaya a suponer ninguna diferencia en el trabajo ni en cualquier otra cosa», pensó Terry Robles mientras caminaba hacia su coche.

43

Hans-Peter Schneider tenía todo lo que necesitaba por el momento: tenía la mitad de los doscientos mil dólares de honorarios que cobraría por entregar a Cari al señor Gnis y supervisar sus modificaciones. Tenía el uso de su cuartel general en Miami, que en ningún sitio aparecía con su nombre, y tenía su barco, registrado a nombre de una empresa de Delaware.

Tenía a Paloma en Colombia encargándose de sus tarjetas de crédito y su teléfono.

Tenía una nota de la artista de tatuajes en prisión, Karen Keefe, aceptando ir a Mauritania nada más cumplir su sentencia para decorar a Cari. Hans-Peter había hecho llegar a la artista un dibujo de la cara de Mamá Gnis con el que practicar.

Se hizo con un rifle tranquilizante JM Standard con dardos de CO_2 que contenían suficiente azaperona como para inmovilizar a un mamífero de cincuenta y siete kilos. Tenía una pistola de nueve milímetros en la parte posterior de la pretina.

Hans-Peter había descubierto que era más fácil mover a una persona que está atada si el sujeto se encuentra en una bolsa para cadáveres ventilada con correas para transportarla. En general, las bolsas para cadáveres a prueba de olores y fluidos son herméticas y el ocupante, si no está muerto ya, se asfixiará. La bolsa que llevaba Hans-Peter tenía buena ventilación y estaba hecha con una sola capa de lona.

Llevaba tiras de bridas resistentes, cloroformo y almohadillas para la cara. Tenía suplementos dietéticos para alimentarse en el barco y sus bisturíes de obsidiana por si querían hacer alguna cosita en la mesa de la cocina del barco del señor Gnis mientras atravesaban el mar hacia Mauritania.

A última hora de la tarde, Hans-Peter limpió sus habitaciones y tiró a Karla por el váter.

Había alquilado una furgoneta con una identificación falsa y quitó el asiento de en medio para dejar espacio para Cari en el suelo. Tiró del fusible de las luces interiores de la furgoneta para poder mantener abierta la luz lateral en medio de la oscuridad.

La noche se acercaba. Bandadas de estorninos se posaron en los setos que rodeaban la Estación de Aves Marinas de Pelican Harbor. Dos familias de loros enfrascados en una disputa antes de dormir hacían más ruido que la música de los barcos del puerto deportivo. El olor de la cena en la parrilla y una nube de humo azul se elevaban por encima del agua.

En el aparcamiento que había junto a la Estación de Aves Marinas, Benito esperaba en su vieja camioneta para llevar a Cari a la casa de su prima, donde iba a dormir. El aire acondicionado de la camioneta llevaba años sin funcionar, así que tenía las ventanillas bajadas y agradecía la brisa que venía de la bahía.

El aparcamiento estaba lleno de árboles y más oscuro que el crepúsculo.

Cari terminó su tarea en la sala de tratamientos, esterilizó el instrumental y sacó una rata descongelada para dársela al búho.

Cerró los ojos y sintió la ráfaga de viento sobre su cuerpo mientras el gran pájaro bajaba a por su premio.

Benito no quería fumar con Cari en la camioneta, así que enrolló un cigarrillo a oscuras para fumarlo ahora, antes de que ella llegara. En la oscuridad, golpeteó la lata de tabaco con sus dedos gruesos. Lio el cigarro, lo lamió y retorció el extremo. Encendió una cerilla de cocina.

La cerilla emitió un destello naranja dentro de la cabina de la camioneta y el dardo le alcanzó en el lateral del cuello. Lo agarró, con el cigarro cayéndole al regazo en medio de un montón de chispas. Se metió la mano bajo la pechera del peto para sacar la pistola, puso la mano en la empuñadura mientras el volante se inflaba y se bamboleaba ante sus ojos y alcanzó con la mano el picaporte de la puerta, pero le habían dado en el cuello y la oscuridad le invadió rápidamente.

Hans-Peter tenía sentimientos encontrados mientras volvía a cargar el rifle de dardos. Le habría encantado disolver a Benito vivo delante de Cari, en plan introducción, por así decir. «¿A QUE SERÍA DE LO MÁS DIVERTIDO?».

Pero no tenía mucho tiempo. Tenía que seguir al gran yate del señor Gnis fuera de Government Cut hacia el mar y entregar a Cari fuera de las aguas jurisdiccionales estadounidenses. Era mejor limitarse a cortarle el cuello a Benito. Hans-Peter abrió su navaja. Había empezado a recorrer el aparcamiento en dirección a la camioneta de Benito cuando las últimas luces de la Estación de Aves Marinas se apagaron y oyó una puerta que se cerraba con fuerza y el tintineo de unas llaves. A olvidarse de Benito.

Cari se acercaba.

Iba cantando la parte de Shakira de «Mi verdad» mientras se aproximaba a la camioneta. Benito estaba sentado al volante, desplomado, con el mentón apoyado en el pecho. Cari tenía un refresco frío de cola de tamarindo para él. Benito se empeñaba en llevarla a casa y, a menudo, se lo encontraba dormido cuando ella salía de la estación.

—Hola, señor mío.

Vio el dardo en el cuello de Benito en el mismo instante en que oyó un chasquido detrás de ella, como una rama de palmera al romperse, y sintió un pinchazo en la nalga. Metió la mano por la ventanilla de la camioneta y cogió la pistola de Benito, se giró, levantó la pistola, pero el asfalto se levantó y la golpeó y trató de envolverla y asfixiarla y todo quedó a oscuras.

Oscuridad. El olor a gasóleo, sudor y zapatos. Un latido, una vibración en el suelo metálico, más rápido que el pulso humano, un zumbido.

Chirrido de motores de arranque. Dos turbinas de gasóleo poniéndose en marcha, un ralentí irregular y, después, el barco empezó a moverse. Los motores pasaron a un ruido amortiguado, con vibraciones menores que sonaban de forma sincronizada, a veces, y otras, no. «Bum bum».

Cari abrió los ojos un poco, vio la cubierta de metal. Abrió los ojos un poco más.

Estaba sola dentro de un camarote de la proa de un barco, tumbada en el suelo. Por encima de ella, en el centro, había una escotilla de plexiglás. Era tanto una escotilla como un tragaluz. Entraba un poco de luz por ella y el sonido cambió mientras el barco salía de un embarcadero techado a la noche.

Apareció un rostro en el tragaluz, alguien que la miraba desde la cubierta. Hans-Peter Schneider. Llevaba puesto el pendiente de Antonio, la cruz gótica.

Cari cerró los ojos, esperó un momento y volvió a abrirlos. Tenía por encima de ella una cama triangular que encajaba con la forma de la proa y ella estaba tumbada en el suelo. Había una uña de un dedo, no de ella, rota y con sangre en el borde donde el piecero de la cama se unía a las barras. Le dolían los brazos y el hombro, apretado contra la cubierta de metal. Tenía las muñecas atadas por detrás y también los tobillos. Podía ver sus tobillos. Amarrados con cuatro bridas resistentes.

No tenía ni idea de cuánto tiempo llevaba en el barco. No se movía con rapidez. Podía oír el agua contra el casco. Le habían enseñado que, cuanto antes se escapara de un secuestro, más posibilidades tendría de sobrevivir.

En el puente del largo y negro barco con Mateo al timón, Hans-Peter llamó por teléfono al señor Imran, a bordo ya del yate de sesenta metros del señor Gnis, que había zarpado hacia el encuentro en el mar.

—Voy de camino —dijo Hans-Peter. Hans-Peter podía oír a alguien chillando al lado del señor Imran.

—Iré preparando un baño.

—Buena idea —dijo Hans-Peter—. Es probable que la chica se cague encima. —Los dos hombres compartieron unas risas burlonas.

En el camarote de proa, Cari movía con cautela todo aquello que podía mover. No pensaba que tuviera ningún hueso roto, pero tenía la frente hinchada y pegajosa.

Calentó los músculos, moviéndose todo lo que pudo, tumbada de lado sobre la cubierta.

Mirando el tragaluz que tenía encima, se giró hasta colocarse en posición de sentada, con la espalda contra la cama. Hicieron falta algunos estiramientos y cinco intentos para poder colocarse las muñecas atadas bajo las nalgas y subirlas por detrás de las rodillas. Levantó las rodillas hacia el pecho y, con enorme esfuerzo, pasó las muñecas por debajo de los pies hasta sacarlas. Ahora tenía las manos por delante de ella. Podía ver que las cuatro bridas de las muñecas eran del mismo tipo que las que llevaba en los tobillos. También grandes. Los extremos sobresalían mucho de las muñecas.

Los niños amarrados dentro del agua. Las bridas sobresaliendo de sus muñecas. Juntaron los laterales de sus cabezas. ¡Pum!

Al recordarlo, Cari sintió una oleada de calor en su interior y parte de ella era energía.

¿Cómo se libera una de unas bridas? Es muy difícil. Quizá se pueda romper una o incluso dos bridas normales haciendo palanca con una sacudida de cadera, pero no con estas tan grandes y no siendo cuatro. Con una cuña. No llegaba a las bridas de sus muñecas, pero podría hacerlo con las de las piernas si tuviese una cuña. Su cruz de san Pedro con el pequeño puñal que tenía dentro ya no estaba en su cuello. Miró por el suelo: alguna herramienta, una horquilla, lo que fuera.

Se revolvió para ver el cabecero, quizá hubiese alguna horquilla en el suelo. Nada. Un retrete de barco, un espejo, un estante, una ducha. Una báscula de baño. Miró debajo de los camastros, tocando con las manos. Nada, aparte de un oloroso par de zapatos. ¿Qué llevaba ella que fuese plano y metálico para usarlo como cuña? Su puñalito había desaparecido. Tenía los bolsillos sacados. La había registrado bien. Notó una zona raspada en la piel del pecho, la rozadura de una barba. Puaj. «Lo que sí es plano y metálico ES LA LENGÜETA DE LA CREMALLERA DE MIS VAQUEROS».

Cari se abrió la cremallera de los vaqueros. Fue lento, bajándose con esfuerzo los pantalones por las piernas, bajándolos también por las rodillas dobladas con las muñecas atadas.

Por un momento, trató de meter la lengüeta de la cremallera por dentro de los dientes de las bridas de las muñecas pero no podía controlar la lengüeta sin usar los dedos. Se le movía a un lado y a otro. Empezó a intentarlo con los tobillos. Dos bridas las tenía cerradas por delante. Metió la lengüeta por el cierre dentado de la brida de arriba. No. No. La lengüeta no paraba de resbalarse. No. No. No. Sí. La lengüeta entró, la larga tira de la brida se deslizó por el cierre y quedó abierta. Metió la brida suelta debajo de una cama para que no se pudiera ver desde arriba.

Se frotó la marca roja de la pierna y empezó con la siguiente brida. Se le resistía e hicieron falta doce intentos antes de ceder. Las dos siguientes las tenía cerradas por detrás de las piernas y tuvo que romper una de ellas tanteando con los dedos. Tardó diez minutos, mientras el agua y la distancia pasaban por debajo del casco del barco. La otra estaba bastante suelta como para moverla hacia la parte delantera de la pierna y se hizo con ella al tercer intento.

Pero no las de las muñecas. No podía manipular la lengüeta sin los dedos. No paraba de cerrarse.

Apoyó la nuca contra la cama, sentada en el suelo. Oyó pasos en la escalerilla.

Podía pelear con sus piernas liberadas y sus dos manos aún atadas. ¿Ocultar los pies bajo la cama, hacerse la dormida y disimular para ganar un poco de tiempo? No, pelear ahora.

Cogió la pesada báscula del baño.

Se puso de pie y, manteniendo el equilibrio, levantó la báscula por encima de la cabeza con las manos atadas. La puerta del camarote se abrió y ella le dio una patada a Mateo en las pelotas con tanta fuerza que casi lo levantó del suelo. Una patada más en el plexo solar le impidió gritar e hizo que se doblara hacia delante y ella bajó la báscula contra su nuca con todas sus fuerzas. Mateo cayó de cara contra el suelo de metal y ella puso la báscula de lado y la dejó caer dos veces sobre la parte posterior de su cráneo con el borde. La segunda vez, el golpe sonó más tierno. Un fuerte olor a orina vino de él al formarse un charco debajo de su cuerpo.

Solo habían sido unos cuantos golpes sordos y unos gruñidos, apenas más fuertes que el ruido del motor y los pequeños impactos de las olas contra el casco. Quizá Hans-Peter, que estaba en el timón, no lo hubiese oído. Pero no había duda de que echaría de menos a Mateo a los pocos minutos.

Manos, manos, Cari no podía nadar sin las manos libres a menos que tuviese un flotador o un chaleco salvavidas. No había ninguno en el camarote. Registró a Mateo con la esperanza de encontrar un cuchillo, una pistola. Hans-Peter era demasiado listo como para mandar allí a un carcelero con un arma. Nada de utilidad en sus bolsillos salvo unos malditos chicles.

¿De qué otra forma se puede abrir una brida? No podía nadar muy lejos sin tener las manos libres. Su pesada respiración le trajo los olores del barco. Olores a sábanas gastadas y sangre vieja. Olor a orina del hombre muerto que estaba a su lado. Olores a pies de los viejos zapatos náuticos con sus CORDONES DE PIEL CON BORDE DENTADO.

¿Cuánto tiempo tenía? No mucho.

Hans-Peter gritó desde lo alto de la escalerilla.

—Comprueba cómo tiene las bridas y vuelve a subir, Mateo. Si te la follas, te mato, Mateo. Vamos a vender carne fresca.

Cari encontró los zapatos náuticos y con los dedos y los dientes les quitó los cordones de cuero. Ató los cordones para formar una tira larga. Pasó la tira por las bridas de sus muñecas e hizo un lazo en cada extremo.

Metió los pies en los lazos como si fuesen estribos y empezó a bombear las piernas con un movimiento de bicicleta, con la tira de cuero moviéndose con un siseo adelante y atrás sobre la brida de arriba de sus brazos al compás de sus piernas, saliendo humo de la tira en movimiento y de las bridas, desprendiendo un calor que podía notar en los brazos.

Hans-Peter gritaba:

—Mateo, sube aquí, hijo de puta. ¡No debería haber dejado que le lamieras las tetas!

Moviendo las piernas sin parar, la tira de cuero siseando sobre la brida de plástico. Humo y calor y PUM, la brida de arriba se rompió y la tira se tensó sobre la siguiente, siseando y echando humo, PUM, la segunda brida se rompió, y un lazo se le soltó del pie. Tardó un exasperante segundo en volver a colocarlo en su sitio y CHAS CHAS, movía las piernas, CHAS CHAS CHAS y PUM.

CHAS CHAS CHAS CHAS CHAS CHAS PUM. Tenía las manos libres, un poco entumecidas, con un hormigueo mientras la sangre volvía a ellas.

Metió la cabeza bajo el cristal abovedado del tragaluz a tiempo de ver una luz que pasaba por encima, un haz de luz, lavanda como el interior de la boca de un halcón, era la parte inferior del puente elevado. ¡Luces de advertencia para tráfico aéreo en el cielo como una estrella roja y otra blanca! Las luces estaban en las antenas altas que había junto a la Estación de Aves Marinas, donde estaban sus libros de texto, donde estaba su bolsa de fertilizante para árboles. Mientras el barco avanzaba hacia el sur, vio las luces de los coches que se movían rápidas sobre el puente elevado, sucesiones de luz como las balas trazadoras de una ametralladora pesada.

Subida en el camastro podría abrir la escotilla de cristal. Pero la escotilla estaba en la cubierta de proa. Hans-Peter vería desde el timón cómo se abría. Estaban ya al sur del puente elevado, avanzando a un ritmo continuo. No podía esperar más.

Los motores aminoraron la marcha y se detuvieron. Cerró el endeble pestillo de la puerta del camarote. Hans-Peter gritaba desde la escalerilla.

Pasos bajando.

Abrió la escotilla de un empujón y subió a la cubierta de proa, Hans-Peter debajo, dando patadas a la puerta del camarote.

Hans-Peter tenía el rifle tranquilizante.

Vio que la escotilla estaba abierta y volvió a subir corriendo la escalerilla hasta la cubierta mientras Cari se lanzaba en un salto limpio desde el barco y nadaba hacia el contorno negro y difuso de la colonia de Bird Key.

Hans-Peter se encontraba de nuevo en la cubierta con el rifle, mirando, mirando. Giró el gran foco del barco, la vio con su luz, levantó el rifle.

Cuando la luz estuvo sobre ella, Cari se sumergió y dio con el fondo rápidamente. El agua era lo bastante poco profunda como para poder ver su sombra en la arena del fondo bajo la luz del foco.

Tenía que respirar, echar el aire bajo el agua, subir y tomar aire, sumergirse a la vez que el sonido apagado del rifle lanzaba un dardo a través de su pelo, pasando como una ráfaga por encima de ella mientras nadaba.

El último dardo. Hans-Peter tendría que bajar a por más.

Tiró el rifle y volvió al timón. Podía controlar el foco desde allí y el haz de luz se movió por el agua hasta encontrar de nuevo a Cari. Hans-Peter aceleró el barco, en dirección hacia ella. Chocaría contra ella con el puto barco aunque la matara.

Cari era una nadadora rápida. Nunca había nadado más rápido. Dos grandes motores de gasóleo agitándose tras ella, más y más cerca, la colonia de Bird Key aún más cerca, a cincuenta metros.

El sonido de la barca parecía estar justo sobre ella, tirando de ella, el foco no bajaría lo suficiente como para seguir iluminándola mientras el barco se cernía sobre ella. La embarcación se golpeó contra el fondo. Un largo crujido y un chirrido mientras se detenía sobre el banco de arena junto a Bird Key, Hans-Peter volando sobre el timón y aterrizando sobre la cubierta. Hans-Peter levantándose rápidamente, de nuevo de pie.

Cari nadando, tocando el fondo con las manos, incorporándose y corriendo por el agua hacia la oscuridad de Bird Key. Corriendo, corriendo. ¿Sería mejor enfrentarse a él en el agua? «Date la vuelta y enfréntate a él. No, no puedo dar patadas dentro del agua y él lleva pistola».

Entre los mangles, en Bird Key. Tropezando con la basura del suelo, los desechos de los barcos turísticos, los restos flotantes del río, neveras, botellas y jarras rotas, corriendo, viendo los objetos blancos en medio de la tenue luz bajo los árboles, tropezando con cosas más oscuras, el fuerte olor del guano. Muchos gruñidos de las aves anidadas, las bandadas de pájaros removiéndose en los árboles, un sonoro alboroto entre los ibis.

No había ningún sendero claro, solo unas cuantas veredas llenas de hierbas.

Hans-Peter necesitó un rato para coger sus dardos y lanzar el ancla contra la creciente marea y, a continuación, se lanzó también al agua, a la vez que metía un dardo en la recámara y vadeaba con sus largas piernas hacia los densos mangles del borde de Bird Key, con la pistola en el cinturón y el rifle tranquilizante y una linterna en las manos.

Tenía que ser rápido. La Patrulla Marítima podría ver su barco. Resultaba difícil atravesar las matas de mangles hasta llegar a tierra firme con las manos ocupadas con el rifle y la linterna.

Cari corría, tropezaba, cerca del lugar donde había salvado al águila pescadora. Cualquier arma serviría. Lo que fuera, un garrote, por favor, Dios, un arpón de pesca, cualquier cosa, joder.

Uno o dos pájaros muertos en el suelo, enredados en sedal. Una caña rota. Una caja vacía de cervezas.

Las nubes se movían bajo una luna pálida y la tenue luz que emitía palpitó cuando las nubes pasaron por debajo.

Mil pájaros farfullando y removiéndose, el piar estridente de unos polluelos hasta que se calmaron con un poco de pescado regurgitado.

Una garza nocturna se movía por el borde de los mangles, caminando erguida, quedándose inmóvil con su cuello de serpiente inclinado para lanzarse. La noche estaba llena de vida.

Cari buscó un arma por el suelo hasta que oyó a Hans-Peter avanzando a golpes entre los mangles mientras se acercaba a la orilla y, entonces, ella se quedó inmóvil, apretada contra la maleza, viendo cómo la pálida luz de la luna brillaba sobre la cabeza de Hans-Peter. Estaba pasando cerca, tenía una pistola en la parte posterior de su cintura. Llevaba el pendiente de Antonio. Pasaría junto a ella en el pequeño claro donde había estado el águila pescadora.

Ella se movió con cautela marcha atrás para adentrarse en la maleza. Quizá podría acercarse por detrás y cogerle la pistola. «Ve hacia atrás con cuidado, mueve el pie a un lado y a otro para limpiar el suelo antes de posar tu peso sobre él. No provoques ningún chasquido».

Un loro alzó el vuelo justo encima de ella con un fuerte graznido y se alejó aleteando, Hans-Peter se giró hacia ella, levantó el fusil tranquilizador y disparó, el dardo pasó con un zumbido junto a su oreja y al instante él estaba sobre ella, ella le dio una fuerte patada en el muslo, y de nuevo él estaba sobre ella, y ella boca arriba entre la maleza, con las manos atrapadas contra el pecho. Hans-Peter era muy fuerte, tenía su brazo sobre la garganta de Cari y buscó en su bolsillo otro dardo para clavárselo con la mano. Algo rozó la cara de ella, algo que colgaba de él, y ella vio que llevaba puesta su cruz de san Pedro. Él cambió de mano para buscar en el otro bolsillo y, al hacerlo, ella pudo embestir y embistió y embistió otra vez. Su mano encontró la cruz que colgaba y sacó el pequeño puñal. Era corto, pero no demasiado corto. Le apuñaló en el punto blando por debajo del mentón, le apuñaló, le apuñaló debajo de la mandíbula, movió la hoja de lado a lado. El puñal subió hasta el interior de su boca y cortó los grandes vasos sanguíneos de debajo de la lengua, como si hubiera sido diseñado para ello. Él se incorporó ahogándose, se agarró la cara y tosió lanzando gotas de sangre. Ella se retorció para apartarse de él, Hans-Peter echó la mano hacia atrás para coger la pistola, pero volvió a agarrarse el cuello, soltó un chorro de sangre por la nariz y le empezó a borbotear pecho abajo, negra bajo la luz de la luna. Tratando de respirar con fuerza, inclinándose hacia delante, apartándose de ella. Cari le quitó la pistola de detrás del cinturón y le disparó en la columna. Él se desplomó contra el árbol donde había estado colgada el águila pescadora. Se sentó con la espalda apoyada en el árbol y la miró bajo la luz de la luna. Ella le devolvía la mirada. Cari le miró a la cara sin pestañear hasta que murió y se acercó a él para recuperar su cruz.

Y allí le encontrarían días después, las autoridades, avisadas por algún aficionado a las aves que pasaba en un barco. Le encontrarían sentado apoyado en el árbol, con unos buitres sobre sus dos hombros, como los ángeles negros de su naturaleza, cubriéndole con sus alas negras mientras se comían las partes más tiernas de su cara, sus colmillos plateados reluciendo, reflejando ahora la luz todo el rato.

La luz del día estaba llegando. La colonia de aves empezó a revolverse. Grandes salpicaduras en el suelo, las primeras bandadas se habían elevado y daban vueltas, los ibis blancos incandescentes, girando con la primera luz. Los enormes nidos temblando y llenos de vida.

La luz se elevaba por el este. Cari pudo ver el puente elevado desde Bird Key, las luces de aviso para los aviones por encima de la Estación de Aves Marinas atenuándose a la vez que el amanecer difuminaba las estrellas. La Estación de Aves Marinas, donde estaban sus libros de clase, su bolsa de fertilizante Vigoro, su carné de estudiante de la Universidad de Miami Dade.

Cari se fabricó unos manguitos con dos bidones de cuatro litros, uno con su tapón y el otro tapado con un trozo de plástico atado con un sedal. Con sus dos manguitos en los brazos, vadeando hacia el interior de la bahía, sin mirar atrás, Cari nadó hacia la mañana.

Miami Beach, Florida
2018

Agradecimientos

Quiero expresar mi agradecimiento a la Quaker United Nations Office (Oficina Cuáquera ante las Naciones Unidas) por los estudios de campo «The voices of girl child soldiers» (Las voces de las niñas soldado), de la doctora Yvonne E. Keairns.

El sargento David Rivers (ya jubilado), del Departamento de Homicidios de la Policía de Miami-Dade me incluyó en una serie de estupendos seminarios sobre investigación de homicidios donde él daba clases y diseñaba los planes de estudios.

La Estación de Aves Marinas de Pelican Harbor se encarga de la rehabilitación de aves y animales heridos para que puedan retomar su vida en la naturaleza. Es una extraordinaria institución dedicada a la protección de animales que se mantiene gracias a donaciones y voluntarios. La estación está abierta a los visitantes.

Quiero dar las gracias especialmente a este lugar, Miami, salado y hermoso, una ciudad profundamente americana construida y mantenida por personas que vinieron de otros lugares, a menudo a pie.

THOMAS HARRIS es autor de otras cinco novelas y es conocido mundialmente por ser el creador de Hannibal Lecter. Todos sus libros han sido convertidos en películas, incluyendo la ganadora de varios premios Oscar *El silencio de los corderos*. Harris comenzó su carrera como escritor encargándose de la cobertura de crímenes en Estados Unidos y México y fue reportero y editor de la agencia de noticias Associated Press en Nueva York.